뺑덕

배유안 장편소설

창비

차 례

가출

아무래도 집을 나가야겠다. 더 이상 이 집에 내가 발붙일 곳은 없었다. 아버지가 돌아가시기 전까지만 해도 그런대로 견딜 만했지만 이젠 정말 아니다. 지난 일 년 동안 어머니가 나를 보는 눈빛은 곳간의 쥐 새끼를 쏘아보는 것 이상이 아니었다. 언제든 쥐틀을 놓아 숨통을 끊고 싶은.

조금 전 터진 입술을 주먹으로 대충 가리고 아랫방 문을 열었을 때 뒤통수에서 어머니의 혀 차는 소리가 들렸다. 그것은 내가 벌레만도 못한 존재임을 일깨워 주는 소리였다. 나는 못 들은 척 어두운 골방으로 기어들었다. 저걱저걱 멀어져 가는 어머니의 발소리가 그대로 내 목덜미를 자근자근 밟는 것 같았다.

나는 여기저기 욱신거리는 몸을 새우처럼 웅크리며 옆으로 누웠다. 오른쪽 눈두덩에 아직 열기가 있었다. 아까 깡치에게 제대로 얻어맞은 자리다. 나는 머리 위로 손을 뻗어 더듬더듬 차돌멩이를 찾아 눈두덩을 문질렀다. 둥근 차돌의 감촉이 서늘했다. 강변에서 주운 건데 크기며 모양이 꼭 달걀 같아서 팔이건 얼굴이건 부어터진 곳에 대고 굴리기에 딱이었다.

깡치 녀석은 오래 벼른 듯 주먹 한 방에 온 힘을 모아 내갈겼다. 나는 이리저리 비틀거리다가 그대로 엎어져서 땅바닥에 입을 처박았다. 깡치는 내가 덤비기를 바라고 일부러 깐죽거렸다. 그것도 비겁하게 내가 다른 애와 붙어 한바탕 힘을 빼고 난 뒤에 나타나서. 그 녀석 속내를 뻔히 알면서도 참지 못한 건 어쩔 수 없는 내 한계다. 욱하는 성질 탓만은 아니다. 곧 죽어도 참지 못할 말을 녀석이 내뱉었던 것이다.

"씨받이 자식."

나는 새삼 부르르 떨며 입술을 깨물었다. 으윽! 터진 입술이 비명 소리가 나도록 아팠다.

씨받이. 그러니까 어머니가 나를 쥐 새끼 취급하는 게 싸움질을 자주 해서만은 아니다. 아니, 그런 취급을 하니 내가 싸움질을 하는 거다. 아주 어린 날, 어머니는 분명 나를 무릎에 앉히고 예뻐했다. 엿이나 유과를 손에 쥐여 주며 얼마나 어머니라고 불리고 싶어 했던가?

"병덕아, '주세요, 어머니.' 해 봐."

그런 말 정도야 하고도 남을 만큼 컸을 때에도 어머니는 물리지도 않는지 자꾸 시켰다. 그래서 나는 모든 말끝에 어머니를 붙여 썼다. 여기 있어요, 어머니. 밥 다 먹었어요, 어머니. 제가 할게요, 어머니. 그럴 때마다 어머니가 나를 보고 화사하게 웃는 게 정말 좋았다. 행복했다.

나는 차돌을 손에 쥔 채 양팔을 벌어 대자로 누웠다. 등줄기가 쭉 펴지며 뼈가 쑤시고 아팠다. 그리고 시원했다. 어깨와 등짝에 붙은 통증이, 볼과 광대뼈를 훑는 쓰라림이 핏줄을 타고 천천히 손끝까지 내려가는 게 느껴졌다. 나는 이마를 찡그리며 통증을 즐겼다. 통증은 쓰린 마음을 어루만지며 스르르 방바닥으로 내려앉았다. 나는 편안하게 눈을 감았다.

부신 햇살이 어머니의 이마에 하얗게 내려앉았다. 부드러운 바람에 나와 어머니의 머리카락 몇 올이 나풀거렸다. 어머니는 방긋 웃으며 무릎에 앉은 나의 볼을 꽃송이로 간질였다. 내가 까르륵 웃었다.

"병덕아, '어머니.' 해 봐."

나는 어머니의 눈을 들여다보며 말했다.

"어머니."

"어이구, 우리 아가, 착하다."

어머니가 내 볼에 얼굴을 살포시 비볐다. 향기롭고 따뜻했다. 나는 행복해서 방실방실 웃었다.

"아가야, 내 아가야."

문득, 아기는 내가 아니라 윤덕이었다. 어머니가 고개를 들었을 때 화사한 미소는 어느새 비웃음으로 바뀌어 있었다.

나는 깜짝 놀라 눈을 떴다. 절벽에서 떨어진 듯 가슴이 쿵쾅쿵쾅 뛰었다. 같은 꿈, 벌써 여러 해째다. 어머니의 경멸에 찬 시선과 혀 차는 소리가 떠올랐다. 광대뼈가 욱신거렸다. 깡치에게 맞은 게 어제였나, 아니 아직 오늘인가? 나는 들창 쪽으로 눈을 들었다. 어두운 하늘에 별이 듬성듬성 보였다. 밤이 그리 깊지 않았다. 아주 잠깐 잠들었나 보다. 배가 고프다 못해 쓰렸다.

나는 밖으로 나와 부엌문 앞에 섰다. 안방에는 아직 등잔불이 밝혀져 있었다. 반쯤 열려 있는 부엌문을 살그머니 비집고 들어갔다. 찬장을 뒤지면 찬밥 남은 거라도 있겠지만 어머니가 소리를 듣고 내다볼 것이다. 나는 참기로 하고 천천히 물독으로 다가갔다. 조심조심 물을 한 바가지 떠 마셨다.

성질이 급하고 고집이 세서 야단맞는 일이 잦았던 내가 생모의 존재를 안 것은 동생 윤덕이가 태어나고 나서 얼마 뒤의 일이었다. 영영 아이를 못 낳을 줄 알았던 어머니가 뜻밖에 뒤늦은 회임을 했을 때 어머니는 물론 아버지와 친척들까지 내가 동생을 불러왔다고 기특해 마지않았다. 하지만 막상 윤덕이가 태어나자 나는 차츰 눈 밖으로 밀려나기 시작했다. 어머니 무릎을 향해 다가가도 어머니는 조용히 나를 밀어냈다. 그 작은 손짓에 담긴 거부의 뜻은 너무나 분명했다. 여덟 살, 눈치가 빠른 나이였다. 동생 윤덕이가 걸음마를 하고 어머니, 아버지 하며 옹알거릴 즈음 어머니는 겉치레인 사랑마저 완전히 거두어 버렸다. 나는 늘 조마조마하고 불안했다. 심술이 나서 몰래 아기를 해코지하기도 했다.

어느 날, 수탉을 쫓다가 멍석 귀퉁이에 걸려 넘어진 때였다. 그 자리가 하필 볕 좋은 곳에 널어놓은 고추 멍석 위였던 게 어머니의 부아를 돋우었다. 어머니가 이맛살을 잔뜩 찌푸리고 내뱉듯이 한마디 했다.

"하는 짓이 어째 꼭 제 어미인지……."

제 어미라니. 갑자기 예리한 칼끝에 찔린 느낌이었다. 어리둥절했지만 예감이 좋지 않았다. 나는 대답이 두려워 차마 되물어 볼 수가 없었다. 하지만 그 뒤로도 종종 '제 어미'라는 말을 들었고 그것은 순식간에 나를 주눅 들게 했다. 제 어미, 제 어미, 나는 그 말을 떨쳐 내려고 안간힘을 다했다. 말끝마다 어머니를 꼬박꼬박 붙였다. 나무 해 왔어요, 어머니. 제가 들게요, 어머니. 그러나 그 말은 더 이상 약발이 없었다. 결국 나는 제 어미라는 말의 뜻을 대강 눈치채고 말았다. 아니, 어머니가 어떻게든 그 뜻을 알리고 싶어 했다는 게 옳다. 하지만 나는 눈치챈 내색을 하지 않았다. 어린 마음에도 진실을 알면 그 후에 어떻게 될지 몹시 무서웠다.

윤덕이를 안은 어머니는 당당하기 그지없었고 나를 향해 대놓고 두꺼운 울타리를 쳐 버렸다. 아버지도 새로 태어난 윤덕이에게로 마음이 기울었다. 게다가 원래도 성격이 유하여 성정이 센 어머니의 눈치를 보았다. 아버지는 자주 병덕아, 하고 불러 잔심부름을 시키는 것으로 살가움을 대신했으나 나에게 든든한 바람막이가 되어 주지는 못했다. 그래도 아버지라는 존재는 그 자체로 아버지였다. 어쨌든 그때는 한상에서 밥도 같이 먹고, 어머니가 입성 정도는 챙겨 주었으니까.

나는 어머니의 눈치를 보면서도 종종 격한 성질을 누르지 못했다. 자주 밖으로 나돌았고 동네 아이들과도 걸핏하면 주먹다짐을 했다. 대부분 내가 이기는 싸움이었지만 상처 입는 건 늘 나였다. 그들은 내게 주먹을 맞고 코피가 터지는 대신 내 마음에 깊은 상처를 냈다. 나는 아이들의 부모이기도 한 동네 어른들에게 곱지 않은 시선을 받아야 했다. 아버지한테 잘 보이려고 애썼지만 상황은 늘 뜻대로 되지 않았다. 한 번씩 욱하는 바람에 번번이 도루묵이 되었다.

윤덕이가 자랄수록 내 주먹질이 잦아졌다. 아버지의 꾸지람과 한숨이 늘어 갔다. 그마저도 점차 무심함으로 변해 갔다. 나는 아버지에게도 후회가 되는 거추장스러운 존재가 아닌가 하는 생각이 들었다. 자식을 보려고 성급하게 다른 여자를 두어서 낳은 애물단지. 나는 자꾸 주눅이 들고 가슴에 화가 끓었다.

아버지의 갑작스러운 병환은 나를 더욱 극심한 불안으로 몰아넣었다. 사랑채에서 목이 찢어지는 듯한 기침 소리가 들리면 나는 혹시라도 아버지가 돌아가실까 봐 문밖에서 두려움에 떨었다. 목이 부어 목소리도 제대로 나오지 않던 아버지는 두어 달 남짓 몸져누운 동안 어머니 몰래 내 손을 몇 번 잡아 주었을 뿐 별다른 말도 남기지 않고 세상을 떴다. 열두 살의 나는 발붙일 곳이 없었다. 땅이 꺼져 버린 듯 아득했다.

내가 어머니에게 어미에 대해 물은 것은 아버지가 허망하게 돌아가시고 난 지 석 달쯤 뒤였다. 어머니가 나에게 눈길 주는 것조차 아까워하자 더는 참지 못하고 물었던 것이다.

"제 어미는 누구……."

물음이 채 끝나기도 전에 어머니는 기다리기라도 했던 듯 두말 않고 말해 주었다. 내가 어렸을 적 우리 집에서 부엌데기 취급을 받던 여자, 나에게 살갑게 대해 주던 여자, 뻐드렁니가 있었던 것 같은 여자가 내 어미였다. 한 번씩 나를 안고 소리를 질러 대던 기억이 어렴풋이 났다.

"하는 짓이 칠칠찮고 자주 분란을 일으켜 내보냈다. 네 어미는…… 행실이 나빴다."

어머니는 말을 끝내며 불쾌한 표정을 지었다. 나는 행실이 나쁘다는 게 무슨 뜻인지, 그리고 그 행실 나쁜 어미가 어디 사는지 물어볼 수가 없었다. 비록 세상천지에 끈 떨어진 아이가 되었더라도

가출 • 13

이 집에 붙어 있어야 한다는 생각이 퍼뜩 들었던 것은, 순전히 행실이 나빴다는 말이 주는 불길함 때문이었다. 어머니는 그 뒤 노골적으로 나를 냉대했다. 이제 알 것 다 알았으니 숨길 이유가 없다는 태도였다. 그것은 곧 너는 내 자식이 아니다,라고 확인시켜 주는 것이었다. 나에게서 어머니라는 말을 듣기 싫어한 것도 그때부터였다. 나는 어머니 대신 저기,라고 호칭을 얼버무리다가 점점 필요한 말까지 하지 않게 되었다.

머리가 굵어지면서 동네 아이들은 내 약점을 잡을 줄 알게 되었다.

"씨받이 자식."

"첩년 아들."

그때마다 나는 죽어라고 주먹을 휘둘렀다. 어미는 집안의 궂은 일을 하던 여자였다. 아버지의 아이를 낳고서도 거의 부엌데기 취급을 받았다. 어미는 지독히 가난한 친정에 논 한 마지기 얻어 주고 예도 갖추지 않은 채 아버지에게 왔고, 나를 낳은 뒤 친정에 논 한 마지기 값이 또 갔다고 한다. 말하자면 어미는 지지리 궁상인 집에서 첩으로 팔려 온 여자였다. 나를 젖 먹여 키우고 함께 살았으니 씨받이는 아니었다.

나는 수시로 이 집을 떠나야 하는 게 아닌가 생각했다. 그러나 선뜻 그럴 수 없었다. 일단 나가면 다시는 돌아올 수 없으며 더 이상 이 집 자식일 수 없다는 게 불 보듯 훤했기 때문이다. 친척들이 모이는 명절에도 올 수 없을 것이었다. 뿌리가 사라진다는 불안감이 나를 이 집에 붙잡아 두었다.

아버지가 돌아가신 뒤 그렇게 삼 년이 흘렀다. 그런데 열흘 전 불쑥, 정말 계획에 없이 불쑥 질문이 튀어나왔다.

"제 어미 사는 동네가 어디예요?"

산더미 같은 나뭇짐을 해 와서 부려 놓았는데도 윤덕이와 마루에서 저녁을 먹고 있던 어머니는 얼른 와서 밥 먹으라는 말 한마디 없었다. 눈치 없이 윤덕이가 "형아!" 하며 숟가락을 흔들었는데 어머니는 쳐다보지도 않고 그 손을 붙잡아 내려서는 반찬을 윤덕이의 숟가락에 얹어 주었다. 어머니에게 잘 보이고 싶어 내 딴에는 열심히 일했는데 밥상에 부르는 것조차 인색한 대우는 참으로 괴롭고 서러운 일이었다. 나는 이미 열다섯 살이나 먹어 아쉬운 대로 일꾼 노릇 할 정도는 되었지만 어머니는 그것도 다 필요 없다는 태도였다. 형식상 장남인 나는 윤덕이가 가계를 이어받는 데 걸림돌이 되고 있었다.

어미가 사는 동네……. 후회막급이었지만 분김에 내뱉은 말은 다시 주워 담을 수가 없었다. 어머니는 그제야 나를 향해 눈을 반짝이며 당장에라도 찾아갈 수 있도록 상세하게 가르쳐 주었다.

"다른 남자한테 안 갔으면 거기 있겠지."

어머니는 비웃듯이 말을 맺었다. '다른 남자'와 '행실 나쁜'이

겹치면서 나는 모멸감을 느꼈다. 입술을 깨물며 돌아서는데 어머니가 선심이라도 쓰듯 덧붙였다.

"아침에 출발하면 저녁 전에 넉넉히 도착할 수 있을 게다."

넉넉히라니. 나는 아득하게 절망했다. 어머니는 이미 내가 어미를 찾아 떠나기로 결정한 것처럼 말하고 있었다. 나는 그저 알아나 둘 작정이었을 뿐, 행실 나빠 내쫓겼다는 어미를 찾아 나설 생각은 전혀 없었다.

그다음 날부터 어머니는 아침마다 내 눈치를 살폈다. 해 지고 집에 들어오는 것이 어색한 형편이 되고 말았다. 나는 그러고도 열흘을 더 미적거렸다. 하지만 이제 더는 버틸 수가 없었다.

차돌로 볼을 문지르던 나는 일어나서 옷가지 몇 개만으로 짐을 꾸렸다. 비장하다든가 두렵다든가 그딴 생각은 들지 않았다. 이제 때가 된 것뿐이다. 그동안 충분히 불안해하고 두려워했다. 어린 날의 어머니에 대한 따뜻한 기억은 사라져 버린 신기루 같은 것, 더 붙잡고 있어 봐야 어리석은 일이었다.

배를 탈 것이다. 언제든 오라고 한 뱃사람도 있다. 바다는 넓고 넓어서 앞이 막히지 않을 것이다. 거센 파도를 헤치고 나가는 일은 주먹질보다 훨씬 시원할 것이다. 날이 밝으면 떠날 것이다. 눈물이 핑 돌아서 나는 눈을 깜박깜박하다가 꼭 감았다. 그래도 눈초리에서 눈물이 찔끔 비어져 나왔다. 보는 사람은 없지만 창피했다. 배가 고파서 잠이 오지 않았다. 방바닥이 꺼지는 것도 같고, 반대로 둥실 떠오르는 것도 같았다.

아버지는 당신 없이도 내가 이 집에서 살 수 있을 거라고 생각했을까? 그렇게 갑자기 죽지만 않았다면 내가 아들로 있을 자리를 마련해 주었을까? 아니면 윤덕이가 있으니까 어머니처럼 내가 이 집의 장자가 되는 걸 못마땅해했을까? 나는 고개를 흔들었다. 아버지는 비겁했다. 어미가 어떤 사람이었건 나는 이 집안이 원해서 장남으로 태어났고 그렇게 길러졌다. 그런데 동생이 태어났다고 해서 그게 어떻게 바뀔 수 있느냔 말이다. 장남은 둘째 치고 어떻게 아예 아들도 아닌 게 될 수 있느냔 말이다.

"쳇! 아버지, 어머니가 나를 버렸으니 나도 이깟 집안 버린다."

나는 주먹을 부르쥐었다. 하지만 그런다고 상처가 사라지는 건 아니었다. 아무리 이깟, 이깟 해 보아도 속이 쓰렸다. 기침을 하면서도 나를 바라보던 아버지의 눈빛이 떠올랐다. 그 눈빛의 의미는 무엇이었을까? 나는 눈물이 나는 걸 주먹으로 닦았다. 그래도 아버지가 살아 계셨으면 좋았을걸.

어둠만 가시면 떠나려고 했는데 잠시 잠들었다가 윤덕이가 부르는 소리에 눈을 뜨니 훤한 아침이었다. 보따리를 들고 방을 나서자 어머니가 마루에 밥상을 차려 놓고 있었다.

"밥 먹고 가거라."

어머니는 가거라,라고 했다. 내가 오늘 떠날 것을 어찌 알았을까? 지난 며칠간 아침마다 내가 보따리를 들고 나오기만을 기다렸던 것인가? 나는 쭈뼛쭈뼛 마루에 올랐다. 윤덕이는 벌써 숟가락질을 하고 있었다. 나는 아무 생각 없이 입 안에 밥을 꾸역꾸역 밀어 넣었다. 먼 길에 밥심밖에 믿을 게 없다 생각하며 반찬도 남기지 않고 먹었다. 어머니는 동전 몇 닢에 주먹밥 몇 개까지 내놓았다. 이 정도 인심은 베푼다는 거겠지. 나는 허리 굽혀 큰절을 하고 집을 나섰다. 윤덕이가 뒤따라 나왔다.

"형아, 어디 가는데?"

나는 윤덕이를 덥석 안았다. 눈치 없이 나를 꽤나 좋아하여 형아, 형아, 하며 잘 따르던 녀석이었다. 뒤에서 어머니가 인상을 쓰고 있다가 나와 눈이 마주치자 고개를 돌렸다. 아침상과 주먹밥 덕에 그런대로 괜찮은 장면이 될 뻔했던 마지막 작별은 결국 잔뜩 찡그린 표정으로 마무리되었다. 그래, 이게 훨씬 솔직한 거지. 가슴에서 툭, 하고 가느다란 끈 하나가 끊어졌다. 이제 절대로 돌아오지 않을 수 있겠다는 생각이 들었다. 아니, 엄밀히 말하자면 절대로 돌아오지 말아야 한다는 걸 알았다는 게 옳다.

나는 윤덕이를 내려놓고 성큼성큼 발을 내디뎠다. 뿌리가 홀렁 뽑힌 나무처럼 휘청하려 했지만 발꿈치에 힘을 꽉 주었다. 뒤에서 어머니가 보고 있을 테니까. 그래, 나는 쫓겨나는 것이 아니다. 스스로 세상으로 나가는 것이다. 가막동, 안녕이다.

바다

"아저씨, 나 배 태워 주세요."

하루 종일 걸어 마음먹었던 갯가에 제대로 도착했다. 두어 달 만
에 만난 뱃사람은 나를 알아보고 반가워하면서도 머리부터 쥐어
박았다. 입술이 두툼해서 주둥이라 불리는 아저씨였다.

"인마, 벌써 오냐? 머리 좀 굵어져야지 아직 한참 멀었다야."

"덩치는 쓸 만한데 솜털이 보송보송하구먼."

밧줄을 메고 지나가던 사람이 한마디 건넸다.

"배 안 태워 주겠다는 거예요?"

뿌리를 내팽개치고 왔는데 안 된다니, 뭐 이런 개뼈다귀 같은 경
우가 다 있어? 나는 옷 보따리를 홱 집어 던졌다.

"어디서 싸움질하던 성질머리를 부리고 난리야?"

뒤에서 버럭 소리가 났다. 외눈썹 아저씨가 다가오면서 눈을 부라렸다. 몇 달 전에 장터에서 아이들과 큰 싸움이 났을 때 마주쳤던 아저씨였다. 아저씨는 진탕 욕을 하고는 국밥 한 그릇을 사 주었다. 나는 반가움에 응석 비슷한 걸 부렸다.

"배 타고 싶으면 언제든 오라고 했잖아요?"

외눈썹 아저씨는 성난 얼굴로 나를 노려보았다. 어리광을 받아 줄 생각은 전혀 없다는 표정이었다. 나는 슬그머니 보따리를 주워 들고 얌전히 섰다.

"집에다 말은 하고 왔냐?"

"뭐, 예."

"너도 별로 귀한 자식은 아닌가 보군."

귀한, 이라니 무슨 그런 사치스러운 말을……. 나는 대꾸할 말을 못 찾고 보따리를 만지작거렸다.

"한 몇 달 그물 손질하는 거랑 배 손보는 일 거들어라. 밥은 먹여 준다."

"그럼 배 태워 줄 거예요?"

"하는 거 보고. 일단은 고분고분 처신하는 것부터 배워. 안 그러면 고기밥 되기 전에 주먹에 먼저 갈 테니까."

나는 고기밥이라는 말에 흠칫했다. 말을 해도 꼭…….

"자식, 겁먹기는. 그만한 각오도 없이 배 타겠다고 왔냐?"

"얼마나 멀리 나가는데요? 죽은 사람도 있어요?"

주둥이 아저씨가 싱글거리며 다가왔다.

"아따, 애한테 왜 겁부터 주고 그래? 걱정 마라. 우린 멀리 안 나
간다. 멀리 나갈 배가 있기만 하면 그까짓 파도가 겁나서 못 나가
겠냐?"

내가 바짝 졸아 있는 게 안됐던지 주둥이 아저씨가 말 인심을
보탰다. 하지만 외눈썹 아저씨의 표정은 전혀 장난 같지 않았다.
외눈썹 아저씨는 나를 힐긋 보더니 턱짓으로 한쪽을 가리켰다.

"저기 그물 보이냐? 이리로 가져와라."

나는 재빨리 뛰어가 그물 뭉텅이를 안아 들었다. 꽤 무거웠지만
아무렇지도 않은 듯 힘차게 들고 왔다. 주둥이 아저씨가 인심을 한
번 더 썼다.

"어이구, 힘 좋다."

외눈썹 아저씨도 입꼬리가 슬쩍 올라갔다. 꽤 쓸 만하겠다는 표
정이었다. 나는 됐다 싶어 마음이 놓였다. 일단 있을 곳은 생긴 거
였다.

그날부터 나는 부지런히 몸을 놀렸다. 어차피 돌아갈 데도 없었
다. 고기잡이배들은 모두 주인이 따로 있어서 외눈썹 아저씨나 주
둥이 아저씨도 배 주인은 아니었다. 밑에 다른 일꾼들을 거느리고
바다에 나가 고기를 잡아 오면 배 주인과 나누기를 하는가 보았다.

외눈썹 아저씨가 바다에 나가고 나면 나는 다른 뱃사람들의 잔

심부름을 해 주며 갯가 움막에서 지냈다. 일꾼들은 대부분 배에서 내리면 그날은 집에 가서 묵고 이튿날 낮에 다음 뱃길을 준비하러 나오고는 했지만, 가족이 없거나 먼 데서 온 사람들은 움막에서 함께 지냈다. 응삼이 형처럼 나이 많은 총각도 있었다. 나는 겨우 심부름꾼 처지라 부리는 대로 움직였다. 뱃사람들은 말도 거칠고 잘해 주지도 않았지만 딱히 나를 건드리지도 않았다.

나는 나이에 비해 힘이 세고 깡도 있었다. 어리다고 해서 밥이나 축낼 형편은 아니었다. 가능하면 나는 배 위에서 하는 잡일을 거들었다. 흔들거리는 배 위에서 일해 두면 나중에 하게 될 뱃일에 연습이 될 것 같았기 때문이다. 수리하는 아저씨를 따라다니며 갑판을 덧대거나 헐거워진 곳을 조이며 도왔고 배 안에 있어야 할 물건들을 가져다 날랐다. 그렇게 한 달 남짓 지나자 배 구조와 기능은 어지간히 꿰뚫게 되었다.

나는 당일치기 고깃배라도 얼른 타 보고 싶었다. 바다 끝에는 뭐가 있을까? 육지가 안 보이는 먼바다로 나가면 어떨지 가슴이 설레었다. 나는 어차피 땅에서는 뿌리가 뽑힌 놈이었다. 그러니 물 위에 떠다니는 게 어울릴 것이다. 동네 아이들과 주먹다짐이나 하며 울화를 풀었던 게 차츰 우습게 느껴졌다. 나는 자주 밤바다에 홀로 서서 마음을 다잡았다.

'그래, 이게 내 운명일지도 몰라. 그러지 않고서야 아버지와 두 어머니가 다 나를 버릴 수가 있겠어?'

나는 일하는 틈틈이 잠수를 했다. 헤엄은 뱃사람이 되는 기본이라 능숙해질 필요가 있었다. 파도가 이는 바다에서 헤엄치는 것은 강에서 멱이나 감던 것과는 비교가 안 되었다. 물속은 또 다른 세상이었다. 잠수 연습 삼아 시작한 조개 캐기는 푼돈 마련에도 제법 쏠쏠했다. 조개며 전복을 캐서 팔면 많지는 않아도 돈이 되었다. 드문 일이지만 조개에 진주가 들어 있을 수도 있다는 말은 내 귀를 솔깃하게 했다. 주둥이 아저씨는 그것이 그냥 뜬소문이 아님을 확인시켜 주었다. 진짜로 진주를 건진 사람이 있느냐는 내 말에 주둥이 아저씨는 "있지, 그럼!" 하며 이야기를 풀었다.

"배밭골 영감이 원래는 빈털터리였거든. 그런데 진주를 캐서 그걸로 배밭을 사 가지고 죽어라 일해서 지금처럼 부자가 되었다지? 또 객지에서 온 누구도 한밑천 잡아서 고향에 돌아갔다고 하고."

"다 그만두고 자네 얘기나 하지그래?"

밧줄을 감고 있던 아저씨가 실실 웃으며 거들었다.

"아저씨도 진주 캤어요? 정말요?"

주둥이 아저씨는 떨떠름한 표정을 짓더니 이내 벽에 비스듬히 기대앉았다. 긴 얘기를 할 품새였다.

"햐, 내 인생에 어째 그런 일이 다 있었을꼬?"

"참 기가 막혔지. 그때 얻어 마신 술맛이 아직도 달콤하네그려."

밧줄 아저씨가 거들며 빙글빙글 웃었다. 주둥이 아저씨가 한숨을 푸, 쉬었다.

"그때 그 진주만 제대로 간수했더라면 나도 저기 저 배 정도는 가졌을 거야."

"왜요? 잃어버리셨어요?"

주둥이 아저씨는 끙, 하며 곰방대에 담배를 쑤셔 넣었다.

"차라리 그랬으면 나았지."

외눈썹 아저씨가 끼어들었다. 주둥이 아저씨가 담배 연기를 길게 뿜고 나서 말했다.

"그러게 내가 등신이었지. 참 고운 진주였는데 말이야. 사또 부인에게 팔아서 묵직한 돈을 챙겼으니 신 나게 술판 한 번 벌이고 끝냈으면 오죽 좋았을꼬?"

주둥이 아저씨는 말을 끊고 담배를 쭈욱 빨았다. 나는 다음 말을 기다리느라 목을 뺐다. 아저씨가 손을 내저었다.

"그게 내 복이 아니었던 게야."

"돈 냄새 맡은 놈들 꾐에 빠져 노름하다가 홀랑 들어먹었지, 하하하."

외눈썹 아저씨가 호탕하게 웃으며 이야기 장단을 맞췄다.

"그거 밑천 삼아 배 한 척 장만할 수도 있었는데……. 내가 말이야, 그때 귀신이 붙었던 거라. 딱 한 판만 더 하면 꼭 딸 것 같았거든."

주둥이 아저씨가 자리를 털고 일어났다. 밧줄 아저씨가 말을 보탰다.

"그 뒤로 몇 달 동안 배도 안 타고 진주 캔다고 물속에서 사는 바람에 사람 버리는 줄 알았다. 그다음에는 술에 절어 살고. 행운은커녕 불운도 그런 불운이 없었지. 간수할 줄 모르는 사람은 들어온 복도 차 버린다니까."

"그냥 차 버리면 다행이게? 재앙이 되는 일도 많지."

외눈썹 아저씨가 대화를 마무리했다.

나는 심심하면, 아니 시시때때로 그 행운이 나에게 오는 것을 상상했다. 나처럼 재수 없는 인생에 그런 행운이라도 하나 얻어걸리면 얼마나 좋을까?

'나는 노름 따위로 복을 내던지지는 않을 거야. 내 배를 사야지. 배가 있으면 어디든 내 마음대로 갈 수 있잖아. 그러면 뭔가 달라지지 않을까?'

하지만 나는 늘 몇 푼 안 되는 조개나 전복 값으로 만족해야 했다. 그래도 기대와 상상은 하루하루 반복되는 노동에 힘을 주었다.

드디어 두 달 만에 당일치기일망정 배를 타고 나가게 되었다. 이제 한 손 몫은 하겠다며 외눈썹 아저씨가 끼워 준 거였다. 잡일 거들 일손으로 나가는 거라 나한테 떨어질 물고기는 한 마리도 없을 테지만 그래도 흥분이 되어 전날부터 들떴다. 나는 부지런히 몸을 움직여 배에 그물을 옮겨 싣고 마실 물과 음식도 갖다 날랐다.

배 위에 있어 보니 겉보기에는 잔잔한 바다가 끊임없이 꿈틀대고 있다는 걸 알 수 있었다. 육지와 멀어지면서 바다색이 점점 검어졌다. 배가 한 번씩 크게 출렁일 때마다 나는 흡, 하며 뱃전을 부여잡아 아저씨들에게 놀림을 받았다.

"껄떡거리지 말고 바닥에 얌전히 앉아 있어. 자칫하면 속 다 뒤집어진다."

외눈썹 아저씨가 주의를 주었다. 멀미 안 나게 조심해야 한다는 걸 알고 있었지만 나는 얌전히 있을 수가 없었다. 바로 눈앞에 일렁이는 파도가 마치 살아 있는 짐승 같았다. 하얀 포말이 뱃전으로 튀어 오를 때마다 나는 신이 나서 함성을 질렀다. 배는 육지에서 점점 멀어졌다. 양쪽으로 해안선이 가물가물해지고 수평선이 길게 펼쳐졌다. 뭔가 대단한 일이 있을 것 같은 생각에 가슴이 뛰었다. 이렇게 넓은 세상이 있는 줄 알았으면 어머니의 냉대를 그렇게 오래 견디지는 않았을 것이다.

외눈썹 아저씨의 충고는 얼마 지나지 않아 현실이 되었다. 연거푸 기우뚱거리는 배가 속을 깡그리 뒤집어 놓았다. 나는 있는 대로 토했다. 수평선 같은 건 이미 눈에 들어오지도 않았다. 나는 자세를 낮춰 앉았다가 아예 바닥에 납작 엎드렸다. 그래도 속에서는 뭔가가 자꾸 올라왔다. 쓴 물까지 치밀고 머릿속이 빙빙 돌았다.

"이놈아, 죽을 것 같지? 그걸 견뎌 내야 배를 타는 거다."

아저씨들은 반쯤 죽어 가는 나한테 신경도 안 썼다. 다들 그럴 줄 알았다는 기색이었다. 어떤 아저씨는 그래도 죽지는 않을 테니까 참으라면서 실실 웃기까지 했다. 서운하니 야속하니 하면서 따질 여유도 없었다. 나는 배 바닥을 기며 죽느냐 사느냐에 매달려 있었다. 외눈썹 아저씨가 손톱으로 손바닥 한곳을 꾸욱 눌러 주었지만 아프기만 하고 아무 소용이 없었다. 그물을 던질 때나 건질 때나 나는 꼼짝없이 배 바닥에 누워 기진맥진해 있었다.

"어허야!"

아저씨들 기합 소리가 흐리멍덩하게 들렸다. 거드는 것 따위는 언감생심, 나 몰라라 했다. 배 위에서 한몫하려던 부푼 꿈은 몰골사납게 되어 버렸다. 해 질 무렵 뭍에 내릴 때는 거의 기다시피 했다. 다음 날까지 나는 속이 메슥거려 제대로 먹지도 못했다. 기다리고 기다리던 첫 뱃길은 그렇게 어이없고 볼썽사나운 꼴로 끝나고 말았다. 하지만 기력을 찾고 보니 배를 떠받치고 있던 바다의 거대한 힘이 온몸에 느껴지고, 살아서 출렁이던 물결이 생생하게 기억났다. 당시의 흥분이 슬슬 되살아나며 기분이 썩 괜찮았다.

"그물 건지는 느낌이 어땠어?"

주둥이 아저씨는 어른답지 않게 나를 놀려 먹는 데에 재미를 붙였다.

"어쨌건 뱃길은 튼 거잖아요."

"거참, 심하게 낙천적이네."

외눈썹 아저씨가 한 닷새는 군말하지 말고 뭍에서 일하라고 해서 나는 잡아 온 물고기 손질하는 것까지 허리가 아프도록 일했다.

이제 다 내 일 같아서 신이 나기도 했다.

뜯어진 그물을 꿰매느라 코를 박고 있는데 귀에 익은 목소리가 들렸다.

"너, 뺑덕이 아냐?"

뺑덕이. 병덕이 아니라 뺑덕이라면? 고개를 든 나는 눈을 동그랗게 떴다. 깡치였다. 가막동 사람들은 강재를 깡치라 했고 병덕을 뺑덕이라 했다. 그렇게 불러야 맨송맨송하지 않고 부르는 맛이 난다나.

"아니, 너! 여긴 어떻게 온 거야?"

"너야말로 왜 여기 있어? 네 엄마 찾아간 거 아니었냐? 동네 사람들이 그렇게 말하던데?"

깡치는 반가운 기색이었다. 타지에서 가막동 동무를 만났으니 반갑기는 나도 마찬가지지만 '네 엄마'라는 말에 느닷없이 마음이 쿡 찔리고 말았다. 몇 달간 가라앉아 있던 흙탕이 푸르르 일어난 것 같아 나는 단박에 얼굴이 굳어졌다. 깡치는 슬그머니 한풀 꺾이며 입을 다물었다. 나는 애써 마음속 흙탕을 가라앉혔다. 여기는 가막동이 아니었다.

"그냥, 외눈썹 아저씨 밑에서 일하고 있어."

늘 주먹다짐하던 사이이긴 해도 어쨌거나 동무라면 동무였다. 내가 군말 없이 순순하게 대답하자 깡치는 다행이다 싶었는지 옆에 와서 앉았다.

"나도 배 타려고. 아저씨가 나도 받아 주겠지?"

깡치는 병으로 부모를 다 잃고 어려서부터 누나와 살았다. 여러 해 전에 가막동으로 시집온 누나를 따라와서 사돈집에 얹혀살았으니 집 떠나는 건 나와 마찬가지로 시간문제였던 아이다. 매부와 사돈 식구들이 무던한 사람들이긴 해도 가진 밭뙈기도 변변찮은, 빤한 집안 살림에 깡치는 말 그대로 군식구였다. 게다가 성질도 나 못지않게 찐득하질 못해서 일 반 사고 반이었다. 사돈 집에 붙어 살며 좋아해 주기를 기대할 형편은 아니었다.

"배 타서 논 한 마지기 값이라도 벌면 누나 갖다 줄 거야. 기 좀 펴고 살라고. 나 때문에 늘……."

누나 마음 편하라고 저 알아서 나왔구나. 깡치가 어째 전과 달라 보였다. 저나 나나 기죽고 사는 거 감추려고 그토록 격하게 몸싸움을 해 댔던 것일까? 나는 짠한 마음이 들어 말이 부드럽게 나갔다.

"외눈썹 아저씨는 배 타고 나갔어. 저녁에 와. 저쪽 배에 가면 주둥이 아저씨가 있을 거야. 가서 말해 봐."

"그래."

깡치는 어울리지 않게 순한 얼굴로 웃어 보이고는 뛰어갔다. 제 누나가 눈물깨나 뺐겠다 싶었다. 불과 두 달 남짓밖에 지나지 않았는데 마치 아이 때 헤어졌다가 어른이 되어 만난 듯했다. 이곳이 동네 고샅이나 뒷산 언덕배기가 아니라 일터라서 그럴 것이다.

"너희 둘, 원수지간 아니냐?"

저녁밥을 먹으며 주둥이 아저씨는 아픈 데를 찔렀다. 예전에 장터에서 진탕 싸우다가 주둥이 아저씨, 외눈썹 아저씨를 만났던 것이다.

"원수는 무슨……."

깡치는 머리를 긁적이며 내 눈치를 보았다. 나는 피식 웃었다. 깡치와 싸운 다음 날 떠나왔으니 아직 주먹맛이 생생하긴 했다.

깡치는 주둥이 아저씨 밑에서 일하기로 했다. 같이 일할 때도 있지만 지내는 움막도 다르고 지시받는 줄도 달라서 깡치와 직접 부딪힐 일은 많지 않았다. 논 한 마지기 값 마련이 목표인 깡치는 잠수에도 열심이었다. 장날에도 주전부리 하나 안 하고 버텼다. 단단히 결심을 하고 나온 모양이었다. 웃기는 일이지만 나와 깡치는 서로 은근히 의지가 되었다.

나는 가까운 곳에 나가는 작은 배만 탈 수 있었다. 외눈썹 아저씨는 이틀짜리 배는 좀 더 있다가 태워 주겠다며 틈틈이 바람 읽는 법, 물 색깔 보는 법 등을 일러 주었다.

뱃일은 생각했던 것보다 훨씬 힘들었다. 바다에 나가기 전에도 배 안에서 할 일이 무지 많았다. 탁 트인 바다니 끝없는 수평선이니 하는 것은 막상 배를 타고 나가면 꿈도 못 꿀 소리였다. 높다란 파도는 멋있고 시원한 관상용 풍경이 아니었다. 눈치 봐야 할 까다로운 주인이었고, 가끔은 대결해서 이겨 내야 할 거대한 적이었다. 시도 때도 없이 기우뚱거리는 배 위에서는 균형을 잡느라 늘 허벅다리에 힘을 주고 있어야 했고 어깨가 부서지도록 그물을 끌어당겨야 했다. 게다가 나는 아직 멀미기가 있어서 배에서는 제대로 먹을 수도 없었다.

깡치는 얼른 배를 못 타 안달이었다. 지기 싫어하는 성질이 나온 것이다. 그건 나도 마찬가지였다. 깡치가 먼저 배를 타고 있었다면 나는 뱃머리에 아예 목을 달아 놓고 있었을 것이다.

"거치적거리지 않을 정도는 되어야 배에 태우든지 말든지 할 거 아니냐? 너 하나 더 태우면 물고기 수백 마리는 못 싣는다는 거 알아?"

주둥이 아저씨는 입술만큼이나 말도 두툼하게 했다. 급한 것도 없고 욱하는 성질도 없었다. 주둥이 아저씨 눈에 깡치는 마구 날뛰는 망둥이였다. 나는 깡치보다 두 달이나마 배 밥그릇이 더 많다는 게 든든했다. 깡치가 하루짜리 배를 타게 될 즈음이면 나는 이틀짜리 배를 타게 될 것이다. 큭큭, 나는 그게 좋아서 속으로 웃었는데 티가 났는지 깡치 입이 닷 발이나 나왔다.

나와 깡치는 둘 다 힘들다는 내색 없이 열심히 일했다. 어느새 팔뚝이 굵어지고 검게 탔다. 나는 팔뚝에 알통을 만들어 흔들었다. 진짜 사내가 되어 가는 게 뿌듯했다.

"너, 엄마 안 찾아볼 거냐?"

비바람이 쳐서 움막에 죽치고 있는데 깡치가 다가왔다. 한동안 암말도 하지 않더니 기어이 궁금한 모양이었다. 나는 대답하지 않았다. 쫓겨났건 어쨌건 한 번도 나를 찾아오지 않은 어미를 내 쪽에서 찾기는 싫다고 거듭 마음에 새겨 둔 터였다. 그런데 지가 뭐라고 묻기는 물어.

"어차피 집도 나왔잖아. 이제 그, 윤덕이네 집하고 인연 끊었으니까……."

윤덕이네 집. 그 집 이름이 그렇게 되나? 전에 자주 싸울 때에는 그래도 너희 집, 네 동생이었다. 내가 묵묵부답이자 깡치는 성질이 나왔다.

"자식아, 엄마가 어떻게 생겼는지 궁금도 안 하냐?"

나는 눈을 부릅떴다.

"한마디만 더 해라."

"애 낳아 주고 쫓겨 간 네 엄마도 알고 보면 불쌍한…… 으윽!"

깡치가 앉은 자세 그대로 뒤로 벌렁 나자빠졌다. 내 주먹이 깡치 턱으로 날아간 거였다.

"경고했지?"

나는 엉거주춤 일어나는 깡치를 노려보았다.

"쳤어? 야! 그래도 동무라 생각해서, 윽!"

깡치는 한 대 더 맞고 비틀하다가 서더니 곧장 주먹을 되날렸다. 우리 둘은 이내 엉겨 붙었다. 깡치는 뜬금없이 당한 게 분한 듯 눈에 불을 켜고 달려들었다. 휘청하다가 넘어진 나는 깡치 밑에 깔려 얻어터졌다.

"자식이, 엄마가 살아 있기만 해도 감지덕지지. 그래, 이 자식아, 고아로 살아라!"

깡치는 손을 털고 일어서며 한마디 더 내뱉었다.

"하긴, 네 엄마 쫓겨나고 나서 다들 수군댔다더라. 네가 네 아버지 자식이 아닐 거라고. 안 그러면 윤덕이 어머니가 너를 그렇게까지 박대했겠냐?"

오래전부터 '행실 나쁜' 뒤에 숨어 있던 불안한 그림자가 기어이 비집고 나왔다. 얼굴에 열이 확 끼쳤다. 벌떡 몸을 일으킨 나는 있는 힘을 다해 깡치에게 주먹을 날렸다. 깡치가 휘청할 만큼 강타였지만, 극도로 흥분한 나머지 나 또한 힘의 반동으로 비틀거렸다. 결국 몸을 추스르기도 전에 다시 깡치 밑에 깔리고 말았다. 나는 힘쓸 기력을 잃고 말았다. 힘을 뺀 채 연거푸 몇 방 먹고 있자니 깡치가 슬그머니 일어섰다. 저항하지 않는 상대를 때리는 건 맞는 것 못지않게 불쾌한 일일 터였다.

나를 대하는 어머니의 태도가 거의 냉대에 가까운데도 아버지는 아는지 모르는지 별말이 없었다. 윤덕이를 낳고 나서 한층 더 기세등등해진 어머니의 성정을 다잡을 수 없어서인 줄 알았건만, 어쩌면 어미에 대한 의심 때문이었을까?

겨우 만든 성 하나가 와르르 무너졌다. 어미는 나를 위해, 그 집 자식으로 잘 살라고 한 번도 찾아오지 않은 것이다. 그런 것이다,

그런 것이다, 하며 수없이 되뇌고 마음을 다져 왔는데 그것이 모래성처럼 맥없이 무너지고 있었다. 어쩌면 어미는 아들 따위 진작 잊어버렸을지도 모른다, 행실 나쁜 짓 하느라고. 나는 그대로 누운 채 천천히 숨을 몰아쉬었다. 한참 있다가 깡치 발소리가 멀어져 갔다.

뺑덕 어미

"에잇!"

나는 꿰매고 있던 그물을 홱 던지고 일어섰다. "네가 네 아버지
자식이 아닐 거라고……." 깡치 말이 자꾸 나를 헤집었다. 배 위에
서 그물을 당길 때나 움막에서 그물을 손질할 때나 자꾸 그 행실
나쁜 어미 생각이 났다. 문득문득 울화통이 터졌다. 물질을 하러
들어갔지만 아무것도 따지 못하고 그냥 올라왔다. 숨이 들어갈 자
리에 화 덩어리가 들어 있어서인지 일렁이는 수초와 바위 사이로
잠수하다가도 이내 숨이 차서 물 밖으로 나오곤 했다. 깡치는 내
화가 누그러지기를 기다리는지 근처에 오지 않았다.

아버지 자식이 아니다……. 며칠째 잠을 이루지 못했다. 밤새워

뒤척이는 이유는 어느새 '감지덕지'로 옮겨 갔다.

"엄마가 살아 있기만 해도 감지덕지지."

인정하긴 싫었지만 나는 은근슬쩍 깡치의 그 말을 붙잡고 있었다.

"아가야, 아가야."

먼 길을 떠나는 여인이 자꾸 뒤를 돌아보며 아가를 불렀다. 여인은 슬픈 표정으로 눈물을 흘렸다.

나는 벌떡 일어나 앉았다. 또 그 꿈이다. 어미인가?

"그래, 어미는 그렇게 떠났던 거야. 어린 나를 두고 어쩔 수 없이."

나는 주문처럼 중얼거렸다. 초라하게 무너진 모래성을 다시 쌓아 올렸다. 그런데 슬픈 표정의 그 여인, 도무지 얼굴이 기억나지 않는다. 나는 기억을 되살리려 애쓰다가 고개를 흔들었다. 스스로 만든 환상 따위에 한 가닥 기대를 걸다니. 밤새도록 뒤척이던 나는 새벽녘에 마음을 정했다.

옷을 챙겨 입고 나가자 말하지도 않았는데 외눈썹 아저씨는 내가 어딜 가는지 알았다.

"발악하며 살아야 하는 인생도 있다. 네 설움으로 아무한테나 뻗대지 마라."

주먹질을 걱정하는 거겠지. 나는 고개를 꺾은 채 아무 말 하지 않았다. 발악하며 사는 인생, 그게 내 모습이었던 모양이다.

어미가 있다는 도화동 마을에 가까워지자 어이없게도 가슴이
두근거렸다.

'확인을 하고 나면 차라리 마음이 편해질지도 모른다……'

이게 내가 만들어 낸, 길을 나선 이유였다. 그래, 행실이 정말 그
딴 어미라면, 그래서 아들 따위 알 게 뭐냐는 여자라면 영원히 지
우고 잊어 줄 수 있을 것이다. 지금 나는 그걸 확인하러 가는 길이
다. 그런데 가슴이 뛰다니 심장이 미치지 않고서야 이럴 수는 없는
일이었다.

몇 달 전 가막동 집을 나왔을 때, 차마 어미가 있다는 마을로 발
길을 잡을 수 없었다. 애초 생각한 목적지는 아니었지만 가는 길에
잠시, 하는 생각이 설핏 들기도 했다. 하지만 용기를 내지 못했다.
정말로 행실 나쁜 어미임을 알게 될까 봐 두려웠다. 그리고 아버지
집에 뿌리내리지 못하고 내쫓기다시피 떠나온 것이 어미에게 자
존심 상했다. 아니, 그건 허접스러운 변명이고 어쩌면 어미가 나를
전혀 생각지도 않고 있을까 봐 두려웠다는 것이 더 맞겠다. 어쨌든
나는 가지 못했다. 그런데 이제야 어미를 찾을 구실을 건진 것이다.
급하면 남의 약점 잡고 치사해지는 깡치 덕분에. 그동안 나는 어미
를 찾아갈 그 실오라기 같은 구실을 찾고 있었는지도 모르겠다.

마을로 들어선 나는 전에 어머니가 알려 준 말들을 끌어모았다.

배꼽마당이 있는 기와집 뒷길, 작은 도랑을 따라 올라가는 길, 상 엿집을 지나면 나오는 산비탈의 오두막집. 어머니는 오래전에 와 봤을 이 마을을 어떻게 그리도 상세히 기억하고 있었을까? 아이를 낳지 못하는 비참하고 서러운 마음으로 집안 어른을 따라 젊은 여 자를 사러 나선 길이라 도랑 하나, 담 하나도 잊지 못한 것일까?

오두막집에서 만난 사람은 머슴 행색의 젊은 남자와 덩치 작고 꾀죄죄한 아낙이었다. 나이 어림으로도 어미 같지는 않았다. 몇 차 례 말이 오가고서야 자초지종이 파악됐다. 오래전에 살던, 어미의 아버지로 짐작되는 사람은 노름꾼으로 살다 죽었고, 그 아들, 아 마 어미의 오라비나 동생일 남자도 노름판에 빠져 있다가 어디론 가 사라졌고, 시집온 지 몇 년 안 되었던 새댁마저 떠난 지 오래라 고 했다. 나는 어미를 어떻게 말하면 좋을지 몰라 허둥댔다. 하지 만 여기가 아니면 어디 가서 또 물어보겠는가?

"다른 식구는, 그러니까……."

쭈뼛쭈뼛하면서 한참 말을 더듬는데 남자 입에서 튀어나온 말 은 뜻밖이었다.

"아, 뺑덕 어미!"

뺑덕 어미라니, 어이가 없었다. 어미는 내 이름을 붙여 불리고 있었다. 그것도 병덕이 아니라 사람들이 흔히 부르는 뺑덕으로.

"첩으로 갔다가 못 살고 온 여자 말이지? 노름꾼 딸. 그 집에 낳 아 주고 온 애가 뺑덕이었는지 뺑덕 어미라 부르던데?"

내가 벌레 씹은 얼굴이 되어 가는데 푸성귀 소쿠리를 옆구리에 끼고 뒤꼍으로 가던 아낙이 눈을 반짝이며 거들었다.

"그 여자라면 아마 거기 있을걸. 이 골짝 들어오기 전 갈림길에 있는 주막 말이야. 워낙 들락날락하는 여자라니까 지금도 거기 있을지는 모르지."

나는 숨이 턱 막혔다. 주막, 들락날락. 참 마뜩잖은 말들이었다. 나는 가볍게 고개를 숙이고는 돌아섰다. 삼거리 주막, 아까 지나쳐 온 곳이었다. 발걸음이 자꾸 느려졌다. 막상 만나면 어찌 대해야 할 것인가를 아직 정하지 못했다.

마을 어귀에 있는 꽤 넓은 개울에 도착했을 때였다. 저쪽에서 내 또래의 여자애와 남자애가 돌다리를 건너오고 있었다. 여자애는 가슴에 작은 보따리 하나를 안고 있고 남자애는 큼직한 자루가 얹힌 지게를 지고 있었다. 돌다리는 제법 여유 있게 놓여 있어서 어지간하면 서로 비켜 갈 만도 했지만 나는 그 아이들이 다 건너올 때까지 그냥 기다렸다.

"청아, 어째 너는 종일 일해 주고 또 일감을 받아 오니? 그러다 병난다."

"저녁 먹고 나면 달리 할 일도 없는데, 뭐."

돌다리 끝까지 온 여자애가 나를 보고는 궁금한 표정을 지었다. 피부가 가무잡잡하고 참한 얼굴이었다. 수더분하고 순하게 생긴 남자애도 나를 '누구지?' 하는 표정으로 바라보았다. 작은 동네에서 낯선 아이를 만나는 건 흔한 일이 아니었다. 나는 외면하며 옆으로 비켜섰다가 돌다리로 걸음을 옮겼다. 등 뒤에서 두 아이의 말이 들렸다.

"네가 그렇게 바지런을 떨어서 우리 동네서 네 아버지 입성이 제일 깨끗하다니까."

"앞도 못 보시는 분이 차림새까지 볼품없으면 어쩌니? 어머니 없이 젖동냥으로 나를 키워 주신 거 생각하면 아무리 잘 모셔도 부족한걸."

앞 못 보는? 젖동냥? 나는 뒤를 돌아보았다. 곱게 땋은 여자애의 머리끝에 댕기가 단정하게 매여 있었다.

"하여간 다들 네 아버지가 복이 많다고들 하셔."

남자애 목소리가 들렸으나 여자애는 대꾸 없이 갑자기 뒤를 돌아보았다. 나는 기습당한 기분이 되어 꼼짝 못 하고 멀뚱히 서 있었다. 여자애는 잠시 나를 보더니 이내 어색해진 듯 돌아서며 소리쳤다.

"귀덕아, 천천히 가."

청이, 귀덕이. 나는 돌아서며 입 속으로 아이들 이름을 되뇌어 보았다. 외양만큼이나 이름도 맑고 순했다, 뺑덕에 비하면.

저녁때가 다 되었지만 삼거리에 있는 주막에는 손님이 없었다. 나는 사립문 밖에서 잠시 어정거리다가 안으로 성큼 들어섰다. 마당 구석에 따로 내어 만든 화덕 앞에서 주모인 듯한 할머니가 행주로 큰 가마솥 뚜껑을 닦고 있었다. 인기척에 고개를 돌린 할머니는 손님인가 아닌가 하는 표정으로 나를 훑어보았다. 나는 다른 사람이 없나 슬쩍 기웃대며 말했다.

"국밥 하나 주세요."

"저녁 먹게? 거기 평상에 앉으시구려."

할머니는 반색하며 부엌 옆에 붙은 방문을 향해 소리쳤다.

"뺑덕 어미야, 손님이다. 국밥 상 봐라."

뺑덕 어미, 할머니는 입에 붙은 말처럼 쉽게 뺑덕 어미라고 했다. 나는 숨이 멎는 것 같았다. 진짜로 뺑덕 어미라는 사람이 있긴 있구나. 어미가 이 동네에서 뺑덕 어미라 불리며 살고 있구나. 바짝 졸은 나는 방문 쪽을 바라볼 수가 없어 장독대와 사립문짝으로 번갈아 시선을 옮겼다. 그러고도 한참 있어서야 삐걱, 하는 문소리가 나고 이어서 퉁명스러운 말소리가 들렸다.

"노망난 할망구, 손님은 무슨…… 어린애구먼."

고개를 돌리니 빠끔히 열린 방문 사이로 얼굴 하나가 있었다. 거무튀튀한 얼굴색에 광대뼈가 도드라지고 뻐드렁니가 살짝 난, 눈이 뻐끔하게 큰 얼굴이었다. 머리를 단정하게 빗어 넘긴 것이 막단장을 한 모양새였다. 손님치고는 별 볼 일 없어 보인다는 듯 나를 힐긋 훑는 표정에 순한 기색이라고는 하나도 찾아볼 수 없다. 그 눈빛이 금방이라도 문을 홱 닫을 것 같아 보여서 나는 얼른 고개를 돌렸다. 아니나 다를까 탁, 문 닫는 소리가 들렸다. 나는 한

방 맞은 꼴로 입술을 씹었다. 저 여자가 내 어미란 말인가?

"이년이! 밥 시키면 손님이지, 애건 어른이건 무슨 상관이야!"

화덕 아궁이에 장작 하나를 밀어 넣던 할머니가 소리를 빽 지르고는 나를 향해 합죽 웃었다.

"아이고, 애기 손님, 미안하우."

할머니는 내 굳은 표정에 머쓱한지 들고 있던 부지깽이로 방문 앞 툇마루를 탕탕 쳤다.

"뺑덕아! 얼른 안 나오고 뭐 하나?"

나는 그야말로 오금이 저렸다. 뺑덕아, 라니. 주막집 두 여자가 나를 아무렇게나 던지거니 받거니 하고 있었다. 어미라는 여자는 날마다 뺑덕이란 소리를 들으면서도 아들이 궁금하지도 않았나?

"하이고, 그깟 국밥 한 그릇 할망구가 말아 주면 되지, 왜 나까지 부르고 난리야?"

방문이 열리더니 여자가 몸을 내밀며 신을 꿰어 신었다. 내가 노려보자 여자는, 아니 어미는 찔끔하더니 부엌으로 종종걸음을 쳐 갔다. 속에서 열이 확 올라왔다. 나는 깊은숨을 쉬며 애써 분을 삭였다. 참, 하는 품새가 행실 어쩌고 하는 소리 듣기 딱 좋게 생겼다.

할머니가 마당 한쪽에서 가마솥 뚜껑을 열어젖히자 새하얀 김이 와락 피어오르고 구수한 냄새가 진동했다. 한술 더 뜬다고 여자가 작은 소반에 국밥을 말아 가지고 와서는 툭, 소리가 나게 내 앞에 내려놓았다. 내가 눈썹을 실룩이며 못마땅해하는 빛을 보이자 여자가 입을 삐쭉하더니 슬그머니 눈을 피했다.

"술은 안 할 거지?"

여자가 평상 끝에 걸터앉으며 물어보나 마나겠지 하는 말투로 물었다. 나는 대답 없이 숟가락을 들고 천천히 국밥을 퍼먹었다. 한창 허기가 진 탓인지 토란 줄기며 시래기가 넉넉하게 들어 있는 국밥이 얼큰하고 맛있었다. 후후 불어 가며 먹는 내 모습을 여자가 물끄러미 쳐다보더니 혼잣말을 하며 일어섰다.

"해가 다 졌는데 어째 손님이 안 드네."

그런데 말이 끝나기 무섭게 바깥이 소란해지면서 짐 꾸러미를 진 남자 서넛이 우르르 들어왔다.

"아유, 손님, 어서 오세요. 짐은 이리로 내리시고요. 마침 오늘 새 술을 헐었답니다. 묵어가실 거지요?"

여자는 목소리가 확 달라졌다. 깜짝 놀라 돌아보니 여자가 생글생글 웃으며 남자가 진 짐을 함께 내려 주고 있었다. 조금 전과는 전혀 다른 모습이었다. 나는 국밥 그릇을 양손으로 들고 비우며 여자를 곁눈질했다. 밝아서 좋다고 해야 할지, 천박해서 흉하다고 해야 할지 판단할 수가 없었다.

남자들은 툇마루에 짐을 부리고는 평상 하나를 차지하고 올라앉았다. 땀내가 나한테까지 훅 끼쳐 왔다. 여자가 부리나케 술상을 봐 왔다. 순식간에 주막 마당이 왁자해졌다. 또 한 무리의 손님이 들어왔다. 여자의 목소리가 한층 높아지며 웃음소리가 평상과 부얼 사이로 굴러다녔다. 여자는 나를 힐긋 보았다. 다 먹었으면 얼른 자리를 내어 달라는 눈빛이었다. 국밥은 진작 다 먹었다. 큰 평상에 혼자 앉아 있던 나는 엉거주춤 일어섰다.

"자고 가려는데 방이……."

"자고 가게?"

여자는 나를 뜨악하게 보더니 방문 하나를 가리켰다. 방문 앞 툇마루에 손님들 짐이 잔뜩 부려져 있었다.

"저기 들어가서 자."

여자는 손님들을 붙잡고 어서 오세요, 오랜만에 오셨어요, 하며 몹시 바빴다. 나는 방으로 들어가 덜렁 누웠다. 덩그러니 큰 방 한쪽에 낡은 이불이 차곡차곡 개켜져 있고 그 옆에 목침 여남은 개가 쌓여 있었다. 나는 이불 하나를 내리고 목침을 가져다 머리에 받쳤다. 몸이 노곤했다. 하루 종일 걸은 데다 긴장을 한 탓에 피로가 한꺼번에 몰려왔다. 밖에서는 왁자한 소리가 끊임없이 들려왔다. 여자의 웃음소리가 사이사이 섞여 있었다.

참, 아무것도 아니었다. 오래 망설이고 망설이던 것치고는 첫 대면이 참으로 싱거웠다. 그냥 한 여자일 뿐이었다. 어미가 아닌 주막집 여자, 자식을 알아보지도 못하는 여자, 예쁠 것도 살가울 것도 없는, 상대에 따라 퉁명스럽기도 하고 상냥하기도 한 얄팍한 여자일 뿐이었다. 불리는 이름에 잠시 충격을 받았을 뿐, 이제 기대할 것도 원망할 것도 없고 반갑다는 느낌조차 들지 않았다. 오길

잘했어. 이렇게 아무것도 아닌 줄 알았더라면 그토록 오랫동안 가슴 한쪽에 체증 같은 것 키울 필요 없었을 텐데. 속이 시원했다. 그렇지, 시원하고말고. 그런데 뭔가가 울컥했다. 나는 모로 누우며 일부러 소리 나게 코웃음을 쳤다.

"쳇, 어미는 무슨……."

한참 뒤척이다 보니 스르르 잠이 몰려왔다. 푹 자고 날 밝으면 떠나면 될 일이었다.

문득 소란스러움을 느끼고 잠을 깨니 남자들이 우르르 방에 들어와 있었다. 어느새 방에는 사람이 가득하고 땀 냄새가 진동했다. 나는 구석 자리로 밀려나 있었다.

"한물가도 한참 간 년이 왜 그리 비싸게 굴어?"

남자 하나가 툴툴거리며 발로 내 옆구리를 밀어붙였다. 나는 벽 쪽으로 바싹 붙었다.

"하여튼 돈독 오르고 악에 받친 년이야."

"냅 둬. 씨받이 첩년으로 팔려 갔다가 자식만 뺏기고 쫓겨 왔다잖아."

나는 도로 빠져들려던 잠에서 확 깨어났다.

"그래, 떠돌이하고 간통하다가 내쫓겼다지?"

'간통? 행실 나빴다는 말이 결국 이런 거였나?'

깡치도 내가 아버지의 자식이 아니라는 소문이 있다고 했다. 나는 두 팔로 귀를 싸쥐었다. 하지만 말소리는 그대로 귓속으로 파고

들었다.

"어느 놈하고 살림 차린다고 나갔다가 몇 년 만에 혼자 돌아왔다 하데."

"장돌뱅이 한 놈하고도 눈이 맞아 살다가 그것도 오래 못 갔다 하던데."

"그놈이 돈만 홀라당 뜯어서는 내뺐다더구먼."

"성깔이 더러워서 남자가 도망쳤다는 말도 있다네."

남자들은 자리 잡고 누워서도 말을 이었다.

"뭐, 주막 년치고 팔자 곱상한 년이 어디 있나?"

"이래저래 독이 오르게도 됐겠지."

"아따, 그리 딱하거든 데리고 살지 그러나?"

"어이구, 헛소리 말게."

남자들 웃음소리에서 술 냄새가 푹푹 배어 나왔다. 나는 귀를 바투 틀어막았다. 예전 행실은 몰라도 지금 어미라는 여자가 독이니 악이니, 싸니 비싸니 소리 들으며 막되게 살고 있는 건 틀림없었다. 두런두런하던 소리가 잦아들고 여기저기서 코 고는 소리가 난 뒤에도 나는 한참 동안 잠이 들지 못했다.

새벽녘에 잠시 잠이 들었다가 눈을 떴을 때 장꾼들은 이미 다 떠나고 없었다. 아직 이른 아침이었다. 밖으로 나가자 할머니는 평상을 치우고 여자는 설거지를 하고 있었다. 아침 먹느라 바깥이 부산했을 텐데 혼자만 깊이 잔 모양이었다.

"아이고, 총각은 갈 길이 안 바쁜 모양이네. 다들 날 밝기가 무섭게 떠났는데. 밥 먹을 거야?"

"예."

할머니가 밀쳐 놓은 소반 하나를 들고 부엌으로 들어갔다. 여자는 나를 거들떠보지도 않았다. 자식 가진 어미라면 또래 아이만 봐도 눈이 가기 마련 아닌가? 어제 남자들이 하던 말이 생각났다. 나는 여자의 등을 보며 픽 웃었다. 바랄 걸 바라야지.

나는 세수를 하며 여자를 힐긋거렸다. 여자는 뻐드렁니 때문에 다 다물지 못한 입을 쑥 내민 채 덜거덕거리며 그릇을 씻었다. 할머니가 된장국과 보리밥을 내왔다.

"하이고, 좀 살살 해라. 그릇 다 깨겠다. 잘 자고 일어나서 왜 그리 심통이냐?"

"북새통만 떨었지 남는 게 없잖수, 젠장."

여자는 그릇 소리를 더 크게 냈다.

"쯧쯧!"

할머니가 뭐라고 입을 떼려다가 내 눈치를 보며 그만두었다.

"어구구! 이놈의 허리……."

여자가 일을 끝내고 허리를 펴며 일어섰다.

"누구 앞에서 허리 타령이야. 이제 우리도 한 숟갈 뜨자."

같은 평상에서 밥을 먹게 되자 나는 긴장이 되었다. 날 밝아 떠나는 것으로 끝일 줄 알았는데 여자와 밥까지 함께 먹게 되었다. 여자는 밥그릇, 국그릇을 가져다 놓고는 아무렇게나 펄썩 앉더니 숟가락을 들었다. 후루룩 소리며 퍽퍽 씹는 모양이 꼭 사는 게 신경질 난다는 투였다. 눈 밑이 거뭇한 게 피곤하고 우울해 보였다.

"너는 짐도 없는 게 장꾼은 아닌 것 같고…… 뭐 한다고 이런 데서 밥 먹고 잠자고 하니?"

여자는 궁금해서라기보다 마치 시비라도 거는 듯이 물었다.

"먼 길 가나 보지, 뭐."

할머니는 이가 몇 개 없는지 홀쭉한 볼을 오물거리며 말을 보탰다.

"예, 어디 좀 가는 길이에요."

숟가락을 놓자 웬 선심인지 여자가 바로 일어나 숭늉을 떠다 주었다. 나는 얼결에 받아 들고 잠시 머뭇거리다가 마셨다.

여자는 밥을 마저 먹고는 곧장 방으로 갔다.

"난 이제 자야겠네요."

할머니는 입을 샐쭉하고는 말았다. 여자가 휙 벗어 던진 신이 툇마루 아래 널브러졌다. 나는 엎어진 신 한 짝을 물끄러미 내려다보았다.

'저 봐…… 한 군데도 마음에 안 들어.'

나는 닫힌 방문을 한 번 더 보고는 일어섰다.

"역시 그랬네, 뭐."

나는 시원한 건지 허탈한 건지 종잡을 수 없는 마음으로 터덜터덜 걸었다. 뭘 기대한 거야, 체증같이 막혀 있던 어미의 그림자를 지워 버리려 나선 길이었잖아. 하지만 정말이지 이렇게 허전하고 쓸쓸한 심정이 되리라고는 예상하지 못했다.

"아, 젠장. 기분 더러워."

배 타고 나가리라. 바다 멀리, 더 멀리. 이 땅에는 내가 발붙일 곳이 없다.

"이까짓 땅, 떠나면 그만이지."

나는 발부리에 걸리는 돌멩이를 힘껏 걷어찼다. 문득 신을 획 벗어 던지던 여자의 심정이 바로 '이까짓 세상'이 아니었을까, 하는 생각이 들었다. 그리고 흠칫했다. 여자의 행동에 공감 비슷한 게 가닿았다는 건 참으로 웃기지도 않는 일이었다.

"내가 그런 천박한 여자의 심정을 어떻게 알아? 억지로 갖다 붙이는 내 꼴도 우습다, 우스워."

나는 성큼성큼 걸었다. 그 여자는 자식도 몰라보는 여자, 이미 오래전에 자식을 버린 여자일 뿐이었다. 악으로 살든 독으로 살든 내가 알 바 아니었다.

한참 걷는데 문득 앞에 사람이 보였다. 허리까지 길게 땋은 머리 끝에 빨간 댕기가 조금씩 나풀거렸다. 어제 그 여자애 같았다. 언제부터 앞에 있었던 거지? 나는 뒤돌아보았다. 조금 전 지나친 길

왼쪽으로 샛길이 하나 나 있었다. 마을로 통하는 지름길인 모양이었다. 나는 여자애를 앞지르지 않도록 천천히 걸었다. 발소리도 죽였다. 여자애는 들판 너머 납작 엎드린 마을이 보일 즈음에서 길을 꺾어 들었다. 일을 한다더니 저 마을에서 하나? 갈림길에서 잠시 머뭇대고 있는데 갑자기 여자애가 돌아보았다. 맞았다, 그 여자애. 청이. 누가 뒤따라 온다는 걸 이미 알고 있었던 품새였다.

"너, 어제 우리 동네서 보았던 애구나."

"······."

벌써 두 번째다, 이렇게 기습당하는 것 같은 상황. 여자애가 또 물었다.

"이 동네 살아?"

"아, 아냐, 난 이 길로 곧장······."

"그럼 어디 살아?"

"······."

"으음, 뭐······."

여자애는 머쓱한 듯 돌아서 갔다. 나는 잠시 더 서 있다가 가던 길로 내처 갔다. 청이, 아버지가 앞을 못 본다던······. 어미가 사는 동네의 아이였다.

갯가 움막에 도착한 건 어둑어둑해진 다음이었다. 늦은 아침을 먹고 출발했던 탓도 있지만 중간중간 논두렁이고 밭두렁이고 잠깐씩 앉아 쉬었기 때문이다. 미련을 털어 내면 홀가분해져야 할 텐데 도무지 그렇지 않아 당황스럽기도 했고, 내 인생 갈 길이 막막한 느낌이라 발걸음이 자꾸 처졌다.

"눌러앉아 안 올 줄 알았더니 어떻게 하루 만에 돌아오냐?"

외눈썹 아저씨가 눈치를 슬슬 보았다. 어미를 찾아 나섰던 길이니 궁금하지 않을 수가 없겠지.

"안 온다고 한 적 없는데요?"

나는 짧게 눙치고는 허리를 굽혔다. 그만 들어가 자겠다는 뜻이었다. 상당히 불손한 태도였지만 외눈썹 아저씨는 굳이 나무라지 않았다.

"만나긴 했니?"

"……예."

"그런데 돌아왔다?"

외눈썹 아저씨가 나를 물끄러미 바라보았다. 나는 고개를 돌려 눈길을 피했다.

"그래, 됐다. 저녁 찾아 먹고 푹 자도록 해라."

외눈썹 아저씨가 어깨를 툭 쳤다. 나는 곧장 잠자리로 기어들어 누웠다. 뱃사람들은 어디 모여 노는지 방에 없었다. 피곤한데 잠이 오지 않았다.

"뺑덕이 왔다며?"

깡치였다. 나는 마지못해 일어나 앉았다. 내가 어미를 찾아 나선

게 지난번 자기와 싸운 것 때문이라 깡치는 무슨 말이든 듣고 싶을 터였으나 선뜻 입을 열지 못했다. 깐죽거리는 통에 몸싸움을 하긴 했어도 제 딴에는 생각해 주느라 그랬던 거다 싶어 나는 이미 마음이 풀려 있었다. 깡치는 벌써 눈치를 긁고 다가앉았다.

"나를 알아보지도 못하더라."

나는 순순히 불었다.

"만났구나!"

깡치가 반색을 했다.

"만난 게 아니지. 내가 누군지 몰랐으니까."

"말 안 했어?"

"응, 하도 개떡같이 살고 있어서."

"인마!"

"그래, 네 말대로 어미라는 사람 꼴이 그렇고 그렇더라. 이제 속이 시원하냐?"

"그래도 엄마잖아……."

내가 노려보자 깡치가 찔끔했다.

"그딴 소리 이번이 끝인 줄 알아. 더는 안 봐준다."

나는 이불을 끌어 올리며 휙 엎어져 누웠다. 깡치 나가는 소리가 났다. 갑자기 눈물이 팍 쏟아졌다. 참 어이없고 뜬금없는 울음이었지만 눈물은 고사하고 터져 나오는 소리조차 막을 수가 없었다. 왜 쏟아지는 눈물인지도 모르고 한참 울었다. 그러다 잠이 들었다.

진주

"날씨 조오타!"

아침 햇살이 비치자 모래가 하얗게 빛났다. 물결도 은비늘처럼 반짝였다. 가장 큰 고깃배가 출항 준비를 마쳤다. 외눈썹 아저씨가 닻을 풀었다. 이번 뱃길은 홍어잡이였다. 웬만큼 노련한 일꾼들이 다 배에 올라 있었다. 잡은 고기를 아예 큰 장에 내다 팔고 오기 때문에 며칠씩 걸리는 큰 출항이었다.

"머잖아 나도……."

나는 멀어져 가는 배에 손을 흔들며 먼바다를 상상했다. 망망대해, 사방으로 까마득한 바다밖에 안 보인다는 곳, 집채 같은 파도가 일어난다는 곳, 생사가 눈앞에서 왔다 갔다 한다는 곳, 거긴 여기와 다른 세상일 것이다. 언젠가 나도 먼바다에 나갈 수 있겠지. 그 한가운데 있다가 산처럼 높다는 파도에 휩싸여 죽는다 해도 아쉬울 것 없는 몸이었다. 아니, 바닷속이 궁금하기도 했다. 하늘로 오르기 전의 용이 있는 대로 몸부림을 친다는 곳, 그 안에도 세상이 있어 가끔 사람을 불러 함께 살기도 한다는 곳, 등딱지 두꺼운 거북이의 본가가 있다는 곳. 가까운 바다도 돌 계곡이 깊은데 그곳은 얼마나 더 깊고 신비한 것들이 많을까?

배가 점처럼 작아지다가 사라졌다. 마침내 다른 세상으로 넘어갔다. 배가 떠나면 늘 그렇듯 허전함이 훅 밀려들었다. 나는 하릴없이 돌아섰다.

"우잇! 나도 타야 되는 건데."

깡치가 영 아쉬운 듯 발로 모래를 퍽 차올렸다. 나는 일부러 모래 피하는 시늉을 크게 하며 허전함을 털어 냈다.

어미에게 다녀온 후, 외눈썹 아저씨는 죽어라고 내 이름을 불러 댔다. "뻉덕아, 이리 와서 이것 좀…….", "뻉덕아, 고물 쪽에 가 봐라.", "뻉덕아, 이거 모두 배 안으로 옮겨라." 하며 하도 부려 먹는 바람에 이틀 놀고 온 값 톡톡히 치른다고 뱃사람들에게 동정을 받을 정도였다. 하지만 외눈썹 아저씨의 마음을 알고도 남았다. 아저씨는 내 몸을 괴롭혀 내 마음을 어르고 있었다. 나는 불평 없이 몸을 움직였다. 깡치에게도 먼저 말을 걸고 장난을 쳤다. 깡치도 내 약점을 두고 빈정대는 것은 조심했다. 그래 봤자 언제 또 터져 나올지 모르지만.

　요 며칠, 출항할 배 수리하는 일에 매달렸더니 어깻죽지가 검게 타다 못해 껍질이 일어났다. 껍질을 뜯어내며 느릿느릿 걷는데 깡치가 붙어 섰다.

　"야, 뺑덕아, 아무래도 나는 뱃놈 체질인가 봐. 멀미도 별로 안 하고 말이야. 약간 메스껍더니 그것도 금방 멀쩡해지데."

　깡치는 어제 처음으로 한나절짜리 배를 타고 나갔다 오더니 내내 의기양양했다.

　"짜식, 타고났나 보네. 논 한 마지기 값 금방 모으겠다."

　"아까처럼 큰 배 타면 수입이 짭짤하다던데 언제 타 보려나?"

　"너, 이제 겨우 한나절짜리 배 딱 한 번 탔거든."

　나는 깡치 어깨를 툭 치고는 그물 쪽으로 다가갔다.

　"인마, 그 한 번이 열 번, 스무 번 되는 거 금방이다. 나보다 몇 번 더 타 봤다고 재기는!"

　뒤에서 깡치가 목을 죄며 달려들었다. 그물 위에 메다꽂았더니 깡치는 얼굴을 반쯤 파묻은 채 히히거렸다. 첫 배 타고 와서 신 나는 기분이 며칠은 갈 것이다. 멀미에 그렇게 시달려 놓고도 나 또한 그랬으니까.

　외눈썹 아저씨, 주둥이 아저씨를 비롯한 뱃사람들이 대부분 출항을 한 터라 남은 우리는 그물 손질과 이불 빨래 등을 하고 있으면 되었다. 틈틈이 물질로 푼돈 마련하기에 좋은 때였다. 나는 움막 앞 그늘진 곳에 앉아 뭉쳐 둔 그물을 폈다. 종일 깡치와 같이 그물코를 꿰고 가까운 개울로 가서 이불을 빨아 왔다. 따가운 햇볕 아래 펄럭이며 마르고 있는 이불과 옷가지들이 보기에도 시원했다.

깡치와 함께 물질을 했다. 이제 전복이나 조개 캐는 것에는 어지간히 이골이 났다.

"오늘은 바위산 쪽으로 좀 더 가 보자."

깡치가 자신 있다는 듯 엄지를 세웠다. 요즘 깡치는 바위산에 재미를 붙였다. 바위산은 바닷속에 커다란 바위 덩어리들이 모여 있는 곳이다. 바위 사이로 계곡까지 있어 산이라 불릴 만한 곳이지만 조금 깊어서 작업 시간이 짧을 수밖에 없었다. 그래서 사람들이 썩 즐기는 곳은 아니었다. 그 대신 큰 조개들이 많았다. 주둥이 아저씨 같은 사람은 워낙 숨이 길어 잠수 몇 번이면 가뿐하게 한 망사리 캐 왔지만, 숨이 짧은 나와 깡치는 근처까지 갔다가도 겨우 두엇 따는 둥 마는 둥 올라와야 했다. 하지만 갔다 온 것만으로도 뿌듯해 가끔 숨통 시험 삼아 다녀오곤 했다.

"좋아!"

나도 이번만큼은 바위산에서 제대로 큰 조개를 따 오고 싶었다. 우리 둘은 호흡을 가득 채우고 잠수했다. 바위산 계곡 입구까지 가니 작은 물고기들이 눈앞을 지나다녔다. 한 번에 기껏해야 두세 개씩, 여러 번 하고 나니 힘에 부쳤다. 망사리는 헐렁했지만 기분은

최고였다. 조개도 조개지만 바위산 주변을 종횡무진 누볐다는 기쁨에 깡치와 나는 한껏 고무되었다. 우리는 물 위에 둥둥 떠서 기분 좋게 숨을 골랐다.

"오늘은 그만하자."

내 말에 깡치는 얼굴의 물기를 쓸어내리며 히죽 웃었다.

"에이, 한 번만 더 갔다 오자."

"그만하자니까."

"뺑덕아, 한 번만 더."

깡치가 대답도 기다리지 않고 숨을 가득 넣어 물속으로 들어갔다. 할 수 없이 나도 따라 들어갔다. 깡치는 조개 딸 생각은 하지 않고 계곡 안으로 더 들어갔다. 나는 자식, 하며 속으로 웃었다. 그런데 조개 하나 따고 고개를 들었더니 멀리서 깡치가 웅크린 자세를 하고 있었다. 이쪽을 보는 얼굴이 심상치 않았다.

나는 놀라서 얼른 헤엄쳐 갔다. 몸이 가라앉던 깡치가 나를 향해 팔을 허우적거렸다. 잔뜩 찡그린 채 두 다리를 못 움직이는 게 쥐가 단단히 난 모양이었다. 내 숨도 얼마 남지 않은 상황이었다. 나는 급히 깡치 뒤로 돌아가서 조개 칼로 깡치의 엄지발가락을 차례로 그었다. 두 발가락에서 피가 흘러나와 물속으로 퍼졌다. 나는 깡치 목을 팔로 걸어서 힘겹게 위로 떠올랐다. 물 밖으로 고개를 내밀자마자 나는 격하게 숨을 몰아쉬었다. 깡치 머리를 끌어 올리자 깡치는 물을 들이켜며 허우적댔다. 나는 나를 붙잡으려는 깡치의 팔을 뿌리치며 죽을힘을 다해 녀석을 물가로 끌고 나왔다. 엎어 놓고 등을 퍽퍽 두드리자 깡치는 물을 토해 내며 기침을 해 댔다. 살았다.

나는 모래 위에 엎어져 한참 동안 숨을 골랐다. 어깨까지 파도가 들어왔다가 밀려갔다. 옆을 돌아보니 하얗게 질린 깡치 턱까지 파도가 밀려들고 있었다. 나는 아직 멍한 머리를 일으켜 깡치를 조금 더 끌어냈다. 그러고는 진이 빠져 또 엎어졌다. 이제 깡치가 물을 먹건 숨을 멈추건 더는 쓸 힘이 없었다.

한참 있다가 슬그머니 눈을 떠 보았더니 깡치는 어깨를 움찔대 며 찔끔찔끔 물을 게워 내고 있었다. 그 모습을 보고 있자니 갑자 기 화가 치밀었다.

"자식아, 겁도 없이 거기까지 들어가냐?"

깡치는 웃는 것도 우는 것도 아닌 표정을 지어 보이다가 말했다.

"바다는 저를 겁내지 않는 놈을 집어삼킨다는 말, 외눈썹 아저 씨한테 귀가 아프도록 들었잖아!"

"그러게……."

깡치 녀석이 희미하게라도 말소리를 내는 걸 보니 살긴 살았구 나 싶어 맥이 탁 놓였다. 나는 갑자기 남아 있던 힘마저 쑥 빠져서 모래 속으로 꺼지는 기분으로 눈을 감았다. 귓바퀴에 아직도 물이 지나가는 느낌이 살아 있었다.

"오늘 조개는 너 다 해라."

잠시 정신을 놓았던가? 깡치 말소리에 퍼뜩 눈을 떴다. 깡치가 한 군데 엎어져 있던 망사리 두 개를 일으켜 여기저기 뒹구는 조개를 추스르고 있었다. 나는 부스스 일어나 앉았다.

"죽을 놈 살린 거, 알긴 아네."

깡치는 악몽 같은 시간이 되살아나는지 조개를 주워 담다가 멈추고는 고개를 내저었다.

"꼭 죽는 줄 알았다. 갑자기 차가운 물이 한 움큼 휙 지나가면서 다리를 꼼짝 못 하겠는데 너는 아래만 보고 있지."

나는 널브러진 조개를 같이 주워 담았다.

"기운 다 뺐으니 큼지막한 거 몇 개 구워 먹자."

나는 마지막 조개를 망사리에 넣고 일어섰다.

"그럴까?"

깡치는 히죽 웃었다. 죽고 사는 게 종이 한 장 차이라더니, 픽 웃음이 나왔다. 우리는 망사리를 챙겨 들고 움막으로 향했다.

"그런데 뺑덕아, 참 이상해. 차가운 물 덩어리가 마치 살아 있는 문어처럼 내 몸을 휘감아 조이더라고. 바닷속으로 더 들어오지 말라고 막는 느낌이었어."

"다리에 쥐가 쫙 났으니까 그렇겠지."

"바위산 안쪽으로 다른 세상이 있는 건 아닐까? 아저씨들이 말한 용궁이라든가……"

"죽은 사람들이 모여 사는 바다 세상 같은 거?"

"그래, 거기가 입구일지도 몰라."

"구경 좀 하게 둘 걸 괜히 건져 왔나? 도로 넣어 줘?"

"무슨, 그냥 기분이 이상했다는 거지."

"인마가 식겁을 덜 했네."

나는 깡치 머리를 퍽 쳤다.

갯가에 남아 있는 뱃사람들과 장작개비를 피워 놓고 조개를 구워 먹었다.

"그러니까 이게 깡치 목숨 건진 생일상 맞제?"

"까딱했으면 제사상이 될 뻔했지."

"아이고, 맛나다. 오늘 딴 조개는 다 먹어 줘야 되겠네. 몇 개 더 까라."

웅삼이 형이 맛있어 죽겠다는 표정으로 남은 조개를 힐금거렸다.

깡치가 조개를 굽다가 내 눈치를 힐긋 보았다. 나는 구수하고 쫄깃한 조갯살을 씹으며 짐짓 어깃장을 놓았다.

"나더러 다 가지라 해 놓고 내 걸로 네가 생색내게?"

"내일 따서 너 몇 개 줄게."

깡치가 작은 칼을 들고 조개 하나를 집었다. 큼지막한 조개가 불판에 올랐다. 팔면 꽤 돈이 될 만한 것이었다.

"어어?"

깡치 소리에 다들 고개를 돌렸다. 조개 몇 개를 더 까 올리던 깡치가 손에 뭔가를 들고 눈을 동그랗게 뜨고 있었다.

"지, 진주 아니냐?"

뱃사람 하나가 소리치며 벌떡 일어났다. 나도 놀라서 깡치에게 다가갔다. 하얗고 둥그스름한 게 진주 같기는 한데 엄청 컸다. 깡치 목소리가 떨렸다.

"조개 속에서 나왔는데 그냥 돌 같기도 하고……."

"진주 맞아! 자잘한 것은 봤어도 이렇게 큰 건 처음이다."

"그래, 전에 주둥이 형님이 캔 것만 하다."

뱃사람은 흥분해서 목소리까지 떨렸다. 조개나 홍합, 전복 등에서 가끔 진주알이 나온다고 들었지만 나는 한 번도 본 적이 없었다. 아주 잔 것은 별로지만 팥알만큼만 해도 제법 값이 나가서 운이 좋은 축에 속한다고 했다. 나는 벌렁벌렁한 가슴을 누르고 마음을 가라앉혔다. 사람들은 저마다 한마디씩 하며 소란을 떨었다.

"엄청 크다. 이 정도 크기는 흔한 게 아냐."

"머, 머루알만 하지요?"

깡치 손이 떨렸다. 내가 손을 내밀었다. 깡치는 손을 당겨 가슴에 딱 붙였다. 나는 깡치 손을 홱 잡아채서 깡치가 주먹에 미처 힘을 모으기도 전에 재빨리 진주를 집었다. 얼결에 진주를 뺏긴 깡치는 양손을 파르르 떨며 내 팔을 잡았다.

"빼, 뺑덕아."

나는 깡치에게 팔을 잡힌 채 뱃사람을 돌아보며 물었다.

"얼마나 나갈까요? 고깃배 한 척 값은 될까요?"

고깃배 한 척이라는 말에 깡치가 눈을 휘둥그렇게 떴다. 그러더니 이내 눈물까지 글썽이며 버벅거렸다.

"빼, 뺑덕아, 내가 찾았잖아. 조개도 내, 내가 캔 것일 수도 있고."

"그건 모르지. 내가 캔 것일지도. 어쨌든 이 조개는 다 내 거잖아. 그러니 당연히 진주도 내 것이고."

"뺑덕아, 그, 그렇지만⋯⋯."

깡치는 한기라도 든 듯 손을 덜덜 떨었다. 잡혀 있는 내 팔도 덩달아 덜덜거렸다. 뱃사람들이 저마다 의견을 내놓았다.

"인마, 깡치가 고마운 마음에 너 다 가지라고는 했지만 진주가 들어 있으면 이야기가 다르지."

"근데 누가 딴 건지 어떻게 알아? 만약에 뺑덕이가 딴 거라면 목숨 구해 주고 진주도 뺏기는 게 되잖아. 되게 억울한 거지."

"누가 딴 건지도 확실하지 않은 데다 조개는 모두 뺑덕이 가지라고 했으면 끝난 거지, 뭐. 깡치야, 깨끗하게 승복해라."

"그래, 진주는 운으로 오는 거야. 오늘 일 생각하면 깡치 운은 아닌 거야."

"목숨 건진 거 생각하면 깡치 운도 나쁘진 않지."

"그래, 죽었으면 진주가 다 뭐냐?"

"그래도 안됐다. 뺑덕아, 좀 생각해 줘라."

"깡치 녀석 벌벌 떠는 꼴 좀 봐라."

깡치는 말 한마디 한마디에 표정이 오락가락 변하며 뱃사람들과 나를 번갈아 보았다. 아닌 게 아니라 깡치는 마치 목숨이 경각에 달리면 저럴까 싶은 얼굴이었다.

"어쨌든 이 진주가 내 것인 건 맞잖아요?"

"그야, 뭐."

"따지자면 네 말이 맞긴 맞는다."

나는 깡치 팔을 매몰차게 떼어 냈다.

"빼, 뺑덕아. 우리 누나…… 그거면…….'

"누나?"

나는 팔을 움찔했다. 누나라니. 누나 생각에 죽을 둥 살 둥 나를 붙잡고 있는 거야? 깡치는 나를 올려다보았다. 그악스럽게 팔을 잡고 놓지 않는 표정이 거의 죽을상이었다. 나는 속으로 미친 새끼, 하고 뇌까렸지만 콧등이 시큰했다. 나는 일부러 크게 푸하하 웃음을 터뜨렸다.

"좋아, 반 나누자. 그 대신 아저씨들한테 한턱내는 건 네가 해라."

"저, 정말이야?"

콧물까지 흘리고 있던 깡치 얼굴이 순식간에 환해졌다.

"이야! 뺑덕이 통 크네."

"결국 이럴 걸 깡치 애간장을 그렇게 태웠나?"

아저씨들이 여기저기서 한마디씩 했다.

"안 그랬어 봐요. 저 녀석이 제가 딴 거라고 억지 벅벅 쓰지 순순히 내놓았겠어요?"

깡치는 히죽 웃었다. 어이없게도 웃는 뺨에 눈물이 주르르 떨어졌다. 나는 진주를 헝겊 주머니에 넣어 꽁꽁 싸매서 가슴에 품었다.

깡치는 다른 조개들을 까기 시작했다. 혹시나 하는 마음에서 조심조심 들여다보며 깠다.

"인석아, 진주가 또 있겠냐? 어지간히 살펴라."

"그야 모르지."

하긴 다 까 보지 않을 수가 없었다. 진주가 또 들었을지도 모르는데 헐값에 넘길 수는 없으니까. 옆에 있던 웅삼이 형도 은근슬쩍 칼을 잡더니 조개를 까기 시작했다. 깡치가 얼른 빼앗았다. 웅삼이 형은 순순히 물러났다. 다들 조개 까는 거 지켜보느라 조갯살 타는 줄도 몰랐다. 더 이상 진주는 없었고 덕분에 조개만 물리도록 먹었다.

진주는 바다로 나간 아저씨들이 돌아오는 내일 바로 팔러 나가기로 했다. 깡치는 밤에 내 숙소에서 잤다.

"논 한 마지기는 거뜬히 살 수 있겠지?"

"잘은 모르지만 그렇겠지. 몽땅 누나 갖다 주게?"

깡치는 고개를 끄덕였다. 그러겠지. 그게 아니면 나도 순순히 진주를 내놓지 않았을 것이다.

"누나가 사장어른들 앞에서 어깨 펴고 사는 걸 보고 싶어. 그럼 앞으로 나도 눈치 안 보고 누나 만나러 갈 수 있고. 나에게 이런 행운이 올 줄은 몰랐어. 고마워, 뺑덕아."

깡치는 이런 얼굴도 있었나 싶게 해맑고 행복한 표정이었다.

"너는, 너는 뭐 할 거냐?"

나는 이 갑작스러운 행운에 아무런 준비가 안 되어 있었다. 내 배를 가지고 마음대로 멀리 나가 보고 싶다는 생각이야 막연히 해 보았지만, 깡치처럼 구체적이고 절절한 바람은 아니었다. 나는 갑자기 가슴이 허해지는 걸 느꼈다. 논 한 마지기 값을 벌겠다고 아등바등 물질하던 깡치, 진주를 놓칠까 봐 내 팔을 잡고 부르르 떨던 깡치가 부러웠다. 나는 한사코 붙잡아야 할 무엇이 없었다. 함께 기뻐할 사람도, 자랑스레 내놓을 데도 없었다. 저 덩치에 눈물 콧물까지 쏟던 깡치보다 오히려 불쌍한 건 나라는 생각이 들었다.

"글쎄…… 천천히 생각해 봐야지."

나는 돌아누웠다.

"오늘은 정말 운이 좋은 날이야. 죽을 걸 살고, 진주도 생기고."

깡치는 흥분이 가시지 않는 듯 한참 뭐라고 하더니 내가 잠든 척 대답이 없자 스르르 잠이 들었다. 문틈으로 들어온 희미한 달빛이 깡치를 비추었다. 나는 깡치의 행복한 얼굴을 보다 잠이 들었다.

진주는 고깃배 한 척 값은 못 되었지만 꽤 큰돈을 받았다. 뱃사람들한테 몇 푼씩 인심 쓰고 둘이 나누니 깡치는 논 한 마지기 값으로 너끈하다며 희희낙락이었다. 약속대로 깡치는 돼지고기를 넉넉히 끊어 뱃사람들하고 구워 먹었다.

"고기잡이로든 물질로든 바다에 온 지 일 년도 안 돼 진주 건진 놈은 너희뿐이다. 운 좋은 놈들이 끼었으니 우리 일도 잘될 것 같다, 하하하."

"얼마 만에 먹어 보는 돼지고기냐? 내가 네놈들 덕에 공돈도 얻고 이렇게 고기까지 씹을 줄 어찌 알았겠냐?"

외눈썹 아저씨와 주둥이 아저씨는 입이 미어지게 고기를 욱여넣으며 허허 웃었다.

"목숨이 왔다 갔다, 진주가 왔다 갔다 하더니 원수 사이도 이제 아주 돈독해졌구나."

나는 주둥이 아저씨한테 다 익은 고기 한 점을 건네다가 멈추었다.

"원수 아니라니까 자꾸 그러시네."

"알았다, 알았다. 고기나 다오."

"뭘, 너희 둘이 싸우는 거 보면 그런 소리 나오게도 생겼지. 부모 죽인 원수라도 그렇게 악착같이 물고 늘어지지는 않을 거다."

외눈썹 아저씨가 끼어들어 능글거렸다. 주둥이 아저씨가 코웃음을 쳤다.

"뭐, 자네와 나도 어릴 적엔 그만 못지않았지."

66

"어? 아저씨들도 어릴 적부터 동무, 아니 원수지간이었어요?"

옛날에 아저씨들이 싸우던 이야기가 나오고 서로 기억이 맞지 않는 바람에 때아닌 승강이가 벌어졌다. 지글지글 연기가 오르는 고기 불판에 왁자한 웃음판이 겹쳤다.

"내일 고기잡이에는 너희 둘도 같이 나간다며? 운 좋은 놈들이 타니 만선은 맡아 놨네."

내일은 하루짜리지만 제법 멀리 나간다고 했다. 해류와 수온에 따라 물고기 떼가 형성되는 곳이 조금씩 바뀌는데 이번에는 먼바다 쪽으로 조금 더 나간 곳이라고 했다. 나는 은근히 기대가 컸다. 사방으로 육지가 안 보이는 곳까지 나가면 어떤 기분일지 궁금했다. 깡치도 당장 누나한테 갈 것 같더니 배 타는 걸 혼자만 놓칠 수 없다며 바다에 나갔다 와서 다음 날 가겠다고 했다. 뱃일 경력에서 나한테 뒤질 수 없다는 치기였지만, 나도 깡치가 함께 나가게 되어 좋았다.

파도

새벽, 막 어둠이 가신 밤하늘은 쾌청했다. 깡치는 가만히 있지 못하고 배를 들락날락하며 설레발을 쳤다. 주둥이 아저씨가 배 떠나는 걸 거들며 손을 흔들어 주었다. 마을 뒷산에서 막 해가 나오려는 걸 보며 배는 천천히 바다로 나아갔다. 저 해가 붉은빛을 흩뜨리며 떨어질 때까지 종일 바다 위에 있을 예정이었다.

나는 배가 움직이자마자 뱃머리에 자리를 잡고 바다를 향해 섰다. 일렁이는 물결이 배 양쪽으로 갈라지며 하얗게 부서졌다. 깡치가 돛대를 잡고 서서 선장이라도 된 양 으쓱해했다. 바다가 눈앞에서 반으로 갈라져 지나갔다.

"우리 누나가 내 모습을 보면 얼마나 대견해할까? 허구한 날 싸움질로 속만 썩였잖아, 내가."

"그렇게 후회할 걸 왜 그랬냐?"

"나도 몰라. 답답은 하고 방법은 모르겠고. 울화를 터뜨릴 데가 없었던 것도 같아."

"근데 그걸 왜 나한테 터뜨렸냐? 늘 맞으면서."

"네가 만만했지. 편들어 줄 사람이 없었잖아, 너는. 게다가 너는 인마, 오늘은 또 누구랑 싸워 볼까 하는 눈빛이었어, 항상. 나처럼."

"쳇!"

나는 부인하지 못하고 픽 웃었다. 우리는 둘 다 늘 싸울 거리를 찾고 있었던 셈이다.

"너는 한마디면 욱해서 불 지르기도 좋은 놈이었다."

불 지르기, 그랬다. 속에 불을 지르는 그 한마디, 순간적으로 내 꼭지를 돌게 하는 그 한마디를 깡치뿐만 아니라 다른 아이들도 알고 있었다. 약 올리려 일부러 그러는 줄 알면서도 나는 늘 이성을 잃었다. 나는 입을 일그러뜨리며 악의 없이 내뱉었다.

"비겁한 놈이었어, 너는."

"사실은 자식아, 네가 부러웠다. 대놓고 구박하는 의붓어미하고 군말 없이 늘 싸한 눈치를 보내는 사장어른하고 어느 쪽이 더 가시방석이겠냐? 나는 인마, 먹고 자는 건 둘째 치고 숨 쉬는 것도 안 편했다. 마음껏 챙겨 주지 못한다며 나한테 미안해하는 누나를 보는 것도 힘들어. 차라리 아예 욕하고 구박하는 의붓어미가 낫지. 의붓 엄마도 엄마잖아. 낳아 준 엄마도 어딘가에는 있고. 찾아가기만 하면 엄마가 생기……."

깡치는 말을 다 맺지 못했다. 나에게 멱살을 잡혔기 때문이다.

"켁켁!"

"경고했을 텐데…… 어디다 대고 엄마, 엄마 하는 거야."

깡치는 갑작스러운 기습에 꼼짝 못 하고 켁켁거렸다. 나는 깡치 얼굴에 일격을 가했다. 깡치는 그대로 나동그라졌다.

"자, 잘못했다."

뜻밖이었다. 바로 잘못했다고 나오다니. 나는 한껏 힘을 주었던 발을 공중에서 멈췄다.

"약 올리려고 한 말이 아니라 부러워서……."

깡치는 그대로 내 발길에 차이고 말았다. 부럽다고? 그놈의 입은 끝내 화를 불렀다.

"이놈들아, 뱃길 나서자마자 또 싸움질이냐?"

"한 며칠 사이가 좋다 했더니 그새, 쯧쯧……. 주둥이 말마따나 원수지간이 맞나 보네."

석주 아저씨와 종칠이 아저씨였다. 운 없게 또 주먹질을 들키고 말았다. 나는 거친 숨을 내뱉으며 갑판 아래로 내려갔다.

한참 뒤, 위에서 웅성거리는 소리가 들렸다. 어장에 도착한 모양이었다. 나는 재빨리 갑판으로 올라갔다. 사람들이 다 모여 있었다. 나는 설 자리를 찾아가 그물 던지는 걸 도왔다. 반대쪽에서 깡치도 그물을 뱃전에 걸치고 있었다.

　배 양쪽에 그물을 쳐 놓고 점심을 먹었다. 소금과 기름으로 간을 맞춘 주먹밥이었다. 석주 아저씨가 몇 덩이 남은 것 중에서 하나를 나에게 건네주며 찡긋했다. 깡치와 화해하라는 것이었다. 나는 주먹밥을 반으로 나눠 건너편에 앉은 깡치에게 던졌다. 깡치는 날렵하게 받으며 히죽 웃었다. 제 딴에는 억울하게 맞은 것일 텐데도 개의치 않는 눈치였다. 하긴 바보가 아닌 다음에야 그런 일로는 앞으로도 맞고 또 맞을 것임을 알고 있을 터였다. 예전에 마을에서 죽어라 덤비던 걸 생각하면 깡치가 오늘은 순순히 맞아 준 편이었다. 화를 돋우려는 게 아니라 실수인 것은 나도 알고 있었다. 언제쯤 그 입이 잠을 잘지 모르겠지만, 실수건 일부러건 앞으로도 나는 봐줄 생각이 전혀 없었다.

　그물을 끌어 올리기 전에 해야 할 일들로 배는 부산스러웠다. 어장은 온통 풍년이었다. 물고기 담을 통이 모자란다며 뱃사람들은 신이 났다. 과장과 허풍이 넘쳤지만 그것이 노동을 즐겁게 하는 것이라 아무도 탓하지 않았다. 오히려 말이 건너갈 때마다 허풍은 보태어졌다. 급기야 그물 하나는 배에 올리지도 못하고 매달고 가야 할 것이라는 소리까지 나오자 다들 어허헛 웃었다. 첫 그물은 정말 풍성했다. 미어터지려는 그물 못지않게 뱃사람들 팔뚝에도 굵은 핏줄이 그야말로 터질 듯이 불거져 나왔다. 아무리 그물이 무거워도 힘든 줄 모르고 일했다.

"한 번 더 건지면 만선은 거뜬하겠소."

두 번째 그물을 던져 놓고 물고기를 쓸어 담고 있는데 문득 햇빛이 약해졌다. 고개를 드니 언제 나타났는지 머리 위로 검은 구름 한 무더기가 몰려오고 있었다. 금세 하늘이 어두워졌다.

"갑자기 웬 구름인가? 이쪽만 그러네."

아닌 게 아니라 저 멀리에는 여전히 파란 하늘에 햇살이 쏟아지고 있었다. 하늘이 두 쪽으로 나뉜 것 같았다.

"하여간 용왕님 변덕은 종잡을 수가 없어."

"어서 그물을 걷게!"

"뱃머리 돌려! 구름에서 벗어나야 해!"

"잠시 몰려왔다 가는 구름이야! 놀라지 말고 배를 단단히 잡게!"

노련한 뱃사람들의 지시가 속속 떨어졌다. 급히 끌어 올린 그물은 헐거웠다. 안에 든 물고기를 챙길 겨를도 없이 뱃사람들은 배를 돌려 속력을 내고, 불어오는 바람을 막느라 돛을 내리는 등 모두 재바르게 움직였다.

구름이 배보다 빠르게 덮쳐 오더니 순식간에 하늘이 어두워지고 빗방울까지 떨어졌다. 먹구름이 더 넓어지고 햇빛 밝은 쪽은 손바닥만 하게 작아지며 멀어지고 있었다. 빗줄기가 굵어지면서 배 안에 위기감이 돌았다.

깡치는 돛 내리는 걸 돕느라 돛대를 붙잡고 바람과 싸우고 있었다. 석주 아저씨가 깡치에게 뭐라고 소리를 치고 있었으나 깡치는 빗줄기 속에서 제 몸을 가누기에도 버거워 보였다. 나는 얼른 그쪽으로 달려갔다. 함께 줄을 잡아당겼다. 갑자기 배가 휙 솟구쳤다. 산더미 같은 파도가 높이 일더니 배 안으로 커다란 물덩이를 훅 던져 넣었다. 뱃전에 서 있던 깡치가 물세례를 맞고 휘청했다. 나는 아예 배 바닥으로 넘어졌다. 비틀대며 일어나는 순간, 깡치 허리가 뒤로 휙 휘어지더니 순식간에 발이 덜렁 위로 들렸다. 내가 재빨리 달려가 손을 뻗었다. 깡치 발끝에 겨우 닿는 듯했지만 이미 늦었다. 깡치는 그대로 바다로 넘어가 버렸다.

"깡치야!"

뱃전이 다시 아래로 처박히며 요동쳤다.

"깡치야!"

뱃전을 붙잡고 몸을 내미는데 큰 파도가 한 번 더 덮쳐 왔다. 여차하면 몸이 튕겨 나갈 정도로 배는 몇 번 더 펄쩍댔다. 나는 엉덩방아를 찧었다가 다시 일어났다.

"깡치야!"

나는 뱃전에서 몸을 내밀어 깡치를 불렀다. 바다에는 거친 파도만 출렁일 뿐 깡치는 흔적조차 없었다.

"깡치야! 깡치야!"

나는 뱃전을 쾅쾅 두드리며 소리쳤다. 석주 아저씨와 몇몇 아저씨가 다가왔다.

"무슨 일이야?"

"깡치가 왜?"

워낙 순식간에 일어난 일이라 아무도 보지 못한 모양이었다. 배가 다시 번쩍 들렸다가 내려앉았다. 나는 바닥에 넘어지며 속의 것을 게워 냈다. 여기저기 엎어진 아저씨들이 몸을 일으켰다.

"깡치가…… 깡치가 바다에 빠졌어요."

석주 아저씨가 얼른 일어나 뱃전을 잡고 머리를 내밀었다. 다른 아저씨들도 뱃전으로 고개를 빼고 너나없이 깡치를 불렀다. 하지만 빗줄기 속에서 출렁이는 검은 바다 어디에도 깡치는 없었다. 나는 바다를 향해 한 번 더 토했다. 하늘과 바닥이 뒤집어진 듯 빙빙 돌았다.

"깡치야!"

나는 악을 쓰며 불렀다. 누가 목덜미를 잡아당겼다.

"인마! 너까지 빠질 셈이냐? 얼른 바닥에 엎드려 있어!"

배가 또다시 요동쳤다. 나는 바닥에 나동그라졌다.

한참 후 거센 빗줄기가 가늘어진다 싶더니 하늘도 점차 밝아졌다. 나는 뱃전에 붙어 서서 바다를 살폈다. 깡치가 허우적대며 나를 부를 것 같았다. 이쪽저쪽 옮겨 가며 한참이나 훑었지만 성이 덜 풀려 넘실거리는 바다에 깡치는 보이지 않았다. 뱃전에 붙어 서 있던 사람들이 고개를 내저었다.

나는 배 구석에 맥없이 기대서서 먹구름이 물러가는 것을 올려다보았다. 배의 요동도 눈에 띄게 줄었다. 속은 메스껍고 머리는 지끈거렸다. 깡치가 다리를 쳐들고 뒤로 넘어가던 장면이 눈앞에 선명했다. 오른손 끝에 닿았던 깡치 발의 감촉이 그대로 살아 있었다. 나는 오른손을 물끄러미 보았다. 꿈이었나? 온몸에서 기운이 쑥 빠져나간 듯 현기증이 나서 바닥에 풀썩 주저앉았다.

"정말로 빠진 게 확실하냐?"

눈앞에 커다란 발이 와 서더니 물었다. 온몸이 젖은 옹삼이 형이 었다. 나는 고개를 끄덕였다. 다른 사람들도 모여들었다.

"큰 파도 덮칠 때 말이냐? 분명히 그 전까지도 봤는데……."

종칠이 아저씨가 믿을 수 없다며 말끝을 흐렸다.

"배가 솟구쳤다가 내려올 때 물 뭉치를 맞고 휘청하면서……."

나는 눈물을 쏟았다.

"자식이 뭣도 모르고 뱃전으로 자꾸 밀려 나가길래 안으로 들어 오라고 소리쳐도 못 듣더라고. 뻥덕이 네가 데리러 가는 것까지는 나도 봤다. 근데 갑자기 배가 솟구쳐서 나도 곤두박질쳤지……."

석주 아저씨가 목소리를 떨었다.

어느새 하늘은 제법 밝아져 있었다. 생지옥 같은 시간이 언제 있 었기나 한 듯 하늘은 시침을 떼고 있었다. 세상이 잠시 뒤집어졌다 가 제자리로 돌아온 것 같았다. 그 시간 동안 바다는 깡치를 데려 갔다. 나는 무엇에 홀린 듯 멍했다. 아저씨들은 혀를 찼다.

"다 크지도 않은 아이 하나 데려가려고 파도가 그 난리를 피웠나……."

"어어, 하늘 파래지는 것 좀 보게. 이런 변덕이 어디 있나?"

"날씨 변덕이야 어디 한두 번 겪는 일인가? 이럴 땐 그저 몸을 사리며 얼른 지나가기만을 기다려야 하는데 뭣도 모르고 뱃전에서 있었구먼."

"부모는 없고 누나만 하나 있다고 했지? 쯧쯧, 불쌍하게 됐네."

돌아오는 배는 침울했다. 다들 말없이 널브러진 배 안을 수습했다. 나는 넋을 잃은 채 울렁거리는 속을 부여잡았다. 조금 전까지 같이 있던 아이가 사라졌다. 도대체 어디로 갈 수가 있단 말인가? 나는 자꾸 쓴 물을 게웠다.

"네가 떠다민 게 아니고?"

이틀째 일을 제대로 못 하고 있는데 응삼이 형이 뜬금없는 말을 던졌다. 그물을 만지다 말고 멍청하게 있던 나는 화들짝 놀라 고개를 들었다. 그게 사람의 말소리인 줄은 한참 있다 깨달았고, 그러고도 무슨 뜻인가 몰라 한동안 멀뚱했다.

"너희들 죽자 사자 싸운 게 한두 번이냐? 동네에서도 원수지간이었다며? 배 타고 나간 날도 치고받았잖아?"

"예?"

"그때 말이야. 네가 깡치 옆에 있었다며?"

"그러니까, 그게 무슨……."

나는 눈을 껌벅거렸다.

"진주도 마지못해 반 가른 거니까……."

"형!"

나는 벌떡 일어나 주먹을 부르쥐었다.

"왜? 나도 치려고? 불뚝성을 내는 거 보니 진짠가 보다?"

썩 살갑게 지내지는 않았지만 뱃일 고참에 나이도 한참 위인 응삼이 형이었다. 장가를 가도 벌써 갔을 사람이라 내가 함부로 덤빌 상대가 아니었다. 나는 겨우겨우 참아 내며 거칠게 숨을 몰아쉬었다. 씩씩거리며 노려보는 기세에 응삼이 형은 슬그머니 꼬리를 낮췄다.

"아니, 뭐, 꼭 일부러가 아니었다 해도 너로선 잘된 거 아니냐?"

"사람이 죽었어요. 어떻게 그런 말을 할 수 있어요?"

"그래, 그러니까, 깡치는 죽었잖난 말이다. 진줏값은……."

진주를 건진 날부터 깡치는 내 숙소로 와서 함께 지내고 있었다. 물론 진주 판 돈도 한방에 챙겨 놓았다. 응삼이 형은 그 돈을 말하고 있는 거였다.

"그 돈, 깡치가 누나 갖다 준다고 했어요. 누나한테 논 사 준다고 조개, 전복도 얼마나 열심히 땄는데요."

"이제 깡치 없어, 인마."

"내가 깡치 누나 갖다 줄 거예요."

"흥, 그걸 누가 믿어?"

어이가 없었다. 뭐 이런 개뼈다귀가 있어? 주먹이 튀어 나가기 일보 직전이었다.

"깡치가 우리 주둥이 아저씨 밑에 있던 녀석인 건 알지? 그 녀석 뒷일은 우리 책임이다. 갖다 줘도 우리가 갖다 준다고."

"외눈썹 아저씨랑 주둥이 아저씨하고 직접 이야기하겠어요."

"그래? 그럼 사람들한테 그때 이야기를 해야겠네. 깡치가 너하고 같이 있었는데 순식간에 바다에 빠졌다고. 석주 아저씨도 네가 다가가는 걸 봤다던데? 윽!"

응삼이 형이 얼굴을 싸쥐고 주저앉았다. 나는 주먹에 이어 발길질로 넘어진 응삼이 형 옆구리를 걷어찼다. 응삼이 형은 반쯤 튕겨 올랐다가 그대로 엎어져 모래에 얼굴을 처박았다. 아차, 했을 때는 이미 늦었다. 응삼이 형은 휘청거리며 일어나 나를 노려보았다.

"말로 안 될 형편이니 주먹을 쓴다 이거지? 감히 나에게? 그래, 답이 나오네. 네가 깡치 밀어 버린 거 맞네."

응삼이 형은 비틀거리며 나에게 주먹을 날렸다. 어린 녀석에게 된통 맞은 분으로 그러는 거지 내 상대가 안 되는 주먹인 줄은 저도 아는 바였다. 나는 이왕 터진 일, 냅다 얼굴을 갈겼다.

"이제 형님이고 뭐고 없이 잘됐네. 안 그래도 누구 하나 반쯤 죽이고 싶었다. 뭐? 내가 떠밀어? 어디다 대고 협박질이야? 돈이 탐나면 곱게 탐난다 해라. 그런다고 내어 줄 것 같냐?"

응삼이 형은 한 번 더 걷어차여 패대기쳐졌다.

"그 등신 같은 놈이 진주 반값이라도 얻어 보겠다고 나한테 비굴하게 사정했던 돈이다, 이 자식아!"

"으윽!"

응삼이 형이 배를 끌어안고 고꾸라졌다.

"어머니 같은 누이가 기죽어 사는 게 불쌍해서 집 나와 겨우 장만한 돈이다! 누나 논 사 줄 수 있겠다고 좋아서 잠도 못 자던 돈이란 말이다, 이 자식아!"

나는 되는대로 지껄여 가며 주먹이고 발이고 마구 휘둘렀다. 응삼이 형은 피범벅이 된 얼굴로 내 바짓가랑이를 잡고 잘못했다고 했다. 다행이었다, 아저씨들이 달려와 뜯어말려 주어서. 아니었으면 더 큰 사달이 났을 것이다.

나는 두 손으로 모래를 파헤치며 울었다. 있는 대로 소리를 지르며 통곡했다.

"저나 나나 불쌍한 놈이! 이제 제대로 동무해 보려 했는데 어떻게 한순간에 사라지냔 말이다! 바다가 그렇게 무자비한 것이었나? 용이 살고 거북이가 산다고? 웃기지 말라고 해!"

사람들이 하나둘 멀어지고도 나는 한참 더 넋 놓고 앉아 있었다. 그러다 벌떡 일어나 바다로 달려갔다. 혼자 잠수하여 바위산 계곡이 있는 곳으로 헤엄쳐 갔다. 깡치와 진주를 캤던 곳이다. 조개 같은 걸 딸 생각이 아니어서 그런지 계곡 안쪽으로 깊이 들어갈 만큼 호흡이 남았다. 깡치가 쥐가 났던 곳을 피하여 안으로 더 들어가 보았다. 바위가 들쑥날쑥하고 땅이 쑥 파였다가 평평했다가 한 게 깊은 계곡과 들판이 있는 육지 같았다. 크고 작은 물고기들이 곡선을 그리며 돌기도 하고 내 옆을 스쳐 지나가기도 했다. 이곳에서 깡치는 기분이 이상하다며 저 너머 용궁이나 다른 세상이 있을 것 같다고 했다. 깡치야, 너 거기 있니? 나는 몇 번 더 숨을 모아 들어갔다 나왔다.

내가 제풀에 지쳐 모래 위에 멀거니 앉아 있는데 외눈썹 아저씨가 옆에 와 앉더니 내 어깨를 감싸 안았다.

"깡치에 대해서는 걱정하지도 말고 불쌍해하지도 마라. 바다는 파도에 안겨 온 사람을 천국 같은 섬에 데려다가 살게 한다더라."

"무슨, 그걸 믿어요?"

"거기서는 늙지도 않고, 근심 걱정도 없단다. 사시사철 꽃 피고 새 우는 향기로운 섬에서 서로 사랑하고 노래하며 산다더라. 땅에만 무릉도원이 있는 게 아니다 이 말이다. 그래서 뱃사람들은 바다에서 죽는 것을 두려워하지 않아. 인연 묶인 대로 한세상, 그저 사는 대로 살다가 파도가 안아 가 주면 그것도 나쁘지는 않거든."

내가 입을 삐죽이자 외눈썹 아저씨는 피식 웃었다.

"믿는 게 좋겠냐, 안 믿는 게 좋겠냐?"

"……."

"뱃사람들은 다 믿는다."

"혹시 물 위를 떠다니다 어디엔가 살아 있지는 않을까요?"

"글쎄다, 바다가 잠잠해졌을 때 사방으로 살펴봤잖아."

"파도에 떠밀려 멀리 갔을지도……."

"가끔 기적 같은 일이 있기야 하지만 너무 기대하지는 마라. 그런데 응삼이는 왜 그리 죽도록 팼냐? 녀석이 말을 안 하네."

"……."

"혹시 깡치 돈 이야기 하더냐?"

나는 입술을 깨물었다. 새삼 다시 화가 치밀었다.

"일부러 떠민 것 아니냐고요, 돈 때문에."

"뭐? 기가 막히는구나. 맞을 만했네. 잘 패 줬다. 깡치와 너는 동무다. 그건 내가 안다."

"지난번 배 타고 나갔다 오면 누나 만나러 가겠다고 했어요. 그 일만 아니면 지금쯤……."

"늘 돈이 분란을 일으키지. 어찌 보면 깡치 일은 주둥이 소관일 수도 있고."

"예, 알아요. 그래서 응삼이 형도 그냥 안 있을 거예요. 내일 또 뭐라고 하겠지요."

"어쩌고 싶으냐?"

"여기 더 있고 싶지 않아요. 깡치 돈이 누구 소관이든 말든 난 그냥 누나 갖다 줄 거예요. 그 누나 제가 잘 알잖아요. 깡치에게는 어머니였어요. 깡치는 누나가 자기 때문에 시댁 식구들 눈치 보며 산다고 이리로 떠나왔고요."

외눈썹 아저씨는 나를 물끄러미 보았다.

"아저씨도 저를 못 믿으세요?"

"아니다. 원래 그 돈은 모두 네 거였다. 네가 깡치에게 나눠 준 거였지. 주둥이에게도 그렇게 말하마. 여길 떠나면 어미를 찾아갈 테냐?"

"……."

"어이구, 깡치가 늘 이 말 때문에 너한테 얻어맞았지?"

"이런저런 말 나오기 전에 새벽 일찍 떠날래요."

"그래, 좋은 일꾼 하나 얻었나 했더니 아쉽구나."

"아저씨, 고마웠어요. 잊지 않을 거예요."

"그 욱하는 성질 좀 죽여라. 주먹 함부로 쓰다가는 한순간에 인생 망치는 거다. 다시 오고 싶으면 언제든 찾아오고."

물결인지 바람결인지 귓전을 간질이며 지나갔다. 물고기도 지나다니고 새들도 날아다녔다. 어디선가 꽃 내음도 났다. 한 소녀가 보퉁이를 들고 숲 속을 걷고 있었다. 큰 조개가 널린 바위산 계곡이었다. 흐느적거리는 미역 줄기 사이로 깡치가 웃으며 헤엄을 치고 있었다. 양손에 커다란 조개를 들고 노래를 불렀다. 조개 사이로 큰 진주가 보였다. 깡치야, 하고 불렀으나 깡치는 듣지 못했다. 내가 거푸 불렀다. 웬 여자가 대신 나타났다. 나는 단박에 어미인 줄 알았다. 고운 얼굴에 맵시 있게 단장한 어미가 아가야, 하고 나를 불렀다. 나는 대답하지 않았다. 어미가 눈물을 흘렸다. 내가 어미를 불렀다. 이번엔 어미가 대답 없이 뒷걸음질로 멀어져 갔다. 어미 얼굴이 문득 주막집 여자였다. 아니야! 나는 고개를 세차게 흔들었다. 문득 소녀가 다가오며 보퉁이를 위로 들고는 웃었다. 물방울이 뽀그르르 올라가자 치마폭도 위로 들려 올라갔다. 하얀 속치마에 하얀 버선이 보였다. 물고기가 눈앞으로 지나갔다. 나는 두 손으로 물고기를 잡았다. 물고기는 미끌, 손을 빠져나갔다.

나는 벌떡 일어났다. 환하고 빛나던 장면은 없고 사방이 캄캄했다. 미끌, 하던 감촉은 손에 남아 있었으나 물고기도 하얀 속치마의 소녀도 없었다. 한참 있으니 조금씩 눈이 밝아졌다.

나는 움막 문을 살그머니 열어 보았다. 희붐하게 어둠이 가시고 있었다. 거적 밑에 깔려 있는 옷가지 몇 벌과 돈을 꺼내 얼른 보자기에 쌌다. 표 나게 짐을 싸 둘 수 없어 잠자는 거적자리 아래 깔아 둔 것들이었다. 움막을 빠져나오자마자 잰걸음으로 길을 잡았다. 내가 없어진 줄 알면 응삼이 형이 뒤를 쫓을 것이다. 다행히 응삼이 형은 나랑 깡치가 살던 동네를 모르지만 주둥이 아저씨가 알고 있으니 혹시 몰랐다. 가능성은 적었지만 응삼이 형 눈이 뒤집히면 외눈썹 아저씨가 말려도 소용없을 터였다.

해가 중천에 뜰 때까지 나는 아침도 거르고 내처 걸었다. 주막에서 아침 겸 점심으로 국밥 곱빼기를 시켜서 먹고 나니 마음이 놓였다. 아침나절보다는 발걸음이 가벼워 쉬지 않고 걸었다. 가막동에 다 와 간다 싶을 때쯤 멈춰 쉬면서 어두워지기를 기다렸다.

마을에 들어간 건 저녁참도 한참 지나 고샅에 지나는 사람이 없을 때였다. 집으로 가는 낯익은 길목 주변에서 아릿한 통증 같은 게 가슴을 스윽 그으며 지나갔다. 거의 이 년 만이었다. 골목마다 온갖 기억이 배어 있었다. 형아, 윤덕이의 목소리가 잠시 들리는 듯했지만 나는 황급히 지웠다. 마실 다녀오는 사람 몇을 마주칠 뻔한 것 말고는 용케 몸을 감추며 깡치 누나네 집으로 숨어들었다.

"아이고, 병덕아. 우리 강재 혹시……."

그간 깡치와 함께 있었다는 말에 누나는 눈물 바람부터 했다.

"우리 강재가 너하고 같이 있었구나. 고맙다, 고맙다."

자꾸만 우는 누나를 보니 차마 깡치가 죽었다는 말이 안 나왔다.

"내가 차라리 시집을 오지 말 것을, 우리 강재 장가라도 보내고 나서…… 으흐흑."

"이 사람이 미안하게 자꾸 왜 그러나."

깡치 자형은 몸 둘 바를 몰라 했다. 장가들기 전부터 나와는 한 동네서 자주 보던 형이었다. 처남인 강재를 동생처럼 돌보겠다고 약속하고 색시를 들였는데 시간이 흐를수록 부모, 형제들과 깡치 사이가 나빠져 자기 딴에는 마음고생을 했다.

"처남 떠나고 나서 내가 이 사람한테 얼마나 닦달을 당했는지……. 아이고, 이제 한숨 돌렸구나."

사람 좋은 형은 환하게 웃었다.

"깡치가 멀리 가는 배를 타게 돼서 내가 대신 왔어요. 이건 그동안 깡치가 번 거예요, 누나보고 좋은 데 논 사라고……. 다음에 더 많이 벌어서 오겠대요."

누나는 돈을 건네받고 어리둥절했다.

"어떻게 이렇게 많은 돈을……?"

"고기잡이배가 어획이 좋았어요. 깡치가 악착같이 일도 잘하고요. 배 안 탈 때는 조개도 캐고 전복도 따고 쉴 새 없이 일했어요. 진주도 땄어요. 먹고 자는 데 돈이 따로 안 드니까 다 모은 거예요."

"아유, 어떻게, 어떻게 이 돈을 받아?"

"깡치가 누나 살림 피라고 얼마나 열심히 일했는데요. 받으세요."

"자기 때문에 내가 힘들다고 그렇게 가슴 아파하더니, 그래서 집까지 나가더니……. 아이고, 강재야!"

누나는 끊임없이 울었다. 형이 민망한지 말을 돌렸다.

"그럼, 너도 이렇게 벌었니?"

"아, 저는 별로 못 벌었어요. 깡치만큼 독하지 못해서요, 하하."

"어떻게, 너희들은 만나면 죽자고 싸우더니 이제 같이 일하고 있냐? 이렇게 돈도 벌고 어른 다 됐구나. 어이구, 이 팔뚝 봐라. 진짜 뱃사람 같네."

형은 믿기지 않는 표정이었다.

"집에 안 가 보냐? 안 좋게 해서 나간 건 알고 있다만."

"윤덕이는 잘 있어요?"

"그래, 이제 곧잘 혼자서도 놀러 나오던데?"

"예, 윤덕이가 더 크면 들르려고요. 지금은…… 제가 왔다 갔다는 말 말아 주세요."

누나가 눈물을 훔치고 내 손을 잡았다.

"병덕아, 우리 강재 잘 부탁한다. 뱃일이란 게 그럴 수 없이 힘하다던데 둘이 사이좋게……."

"걱정 마요, 누나. 우리 이제 안 싸워요. 이봐요, 돈 심부름도 시키잖아요."

형이 누나 어깨를 다독였다.

"그건 그러네. 이렇게 큰돈을 맡긴 걸 보니 형제보다 더 미더운 사이인가 보네. 여보, 그만 울어. 이제 걱정 놓아도 되겠어."

"병덕아, 고맙다. 너도 잘 지내라. 마음 다친 거 다 잊어버리고 잘 살아야지."

"예."

누나가 간단하게 밥상을 봐 왔다. 저녁 먹고 남은 걸로 대충 차려 온 거라지만 오랜만에 먹는 집 밥이 꿀맛 같아서 달게 먹었다. 어디 빈 방앗간에서라도 잠깐 눈 붙이면 되니 이제 그만 떠나겠다는 말에 누나는 펄쩍 뛰었다.

"밤에는 바람이 꽤 찬데 어떻게 바깥 잠을 자려고 그래? 비좁지만 여기서 같이 자고 어른들 깨시기 전에 일찍 떠나."

"그래, 오늘도 새벽에 나와 종일 걸었다며? 잠이라도 편히 자야지."

그렇게 붙잡는 말을 듣기가 거북했다. 밝히지 못한 깡치 소식이 송곳이 되어 웅크린 가슴을 찔렀다. 나는 누나와 형이 쓰는 방 한쪽에서 뒤척이다가 종일 걸은 피곤함 때문인지 까무룩 잠이 들었다. 눈을 뜨니 아직 캄캄했다. 나는 누나가 살그머니 싸 준 주먹밥을 들고 어둠이 가시기 전에 떠나왔다. 마을을 다 빠져나왔을 때에도 아직 어둑한 새벽이었다.

깡치 녀석은 엄마만 있었어도 누나가 마음고생을 덜 했을 거라고 했다. 그래도 저한테는 누나가 있어서 내가 불쌍해 보였는지도 모르겠다. 마음 붙일 데 하나 없는 내가 불쌍해서 엄마라도 찾아보라고 그랬는지도 모르겠다. 행실 나쁜 엄마든 버리고 간 엄마든. 그런 말을 할 때마다 깡치는 나에게 죽어라고 얻어터졌다.

"부러워서 그랬어."

깡치는 부럽다고도 했다.

"자식아, 난 네가 부럽다."

그렇게 말하고 나자 갑자기 울컥했다. 나는 잘 보이지도 않는 발밑을 획 찼다.

고갯마루에서 주먹밥을 꺼내 먹었다. 깡치 누나가 꼭두새벽에 집안 식구들에게 들킬세라 몰래몰래 만든 밥이었다. 이런 누나를 두고 깡치는 죽었다. 누나는 깡치가 이제 싸움질 않고 돈까지 벌며 잘 있다고 마음 놓여 했다. 목이 메었다. 누나를 생각해도 목이 메고, 깡치를 생각해도 목이 메었다.

나는 아침 햇살이 비치기 시작한 길을 터덜터덜 걸었다. 큰길을 만났다. 탁 트인 길 앞에서 나는 오히려 앞이 턱 막히고 말았다.

"어디로 가나?"

갈 데를 정하지 않고 떠나왔다는 걸 그제야 깨달았다. 그저 바다를 떠나고 싶었고 깡치 누나를 만나야 한다는 생각만으로 나선 길이었다. 그다음은 생각지도 않았다. 나는 걸음을 멈추고 섰다. 당장은 다시 배를 타고 싶지 않았다. 지금쯤 응삼이 형이 부리나케 이쪽으로 오고 있을지도 몰랐다. 잘못한 게 없으니 굳이 피할 이유는 없지만 어쨌든 지금은 마주치고 싶지 않았다. 싸우기도 귀찮았다. 배 타러 갈 게 아니라면 그쪽 방향은 피하는 것이 좋겠지.

바다와 반대 방향으로 길을 잡았다. 그래 봤자 갈 데가 없었다. 목적지가 없는 길……. 맥이 빠지면서 걸음이 자꾸 느려졌다. 세상 천지에 혼자가 되어 버린 느낌이 처음 가막동을 떠나올 때보다 더했다. 어느 날, 어느 산골짜기에 처박혀 죽어도 아무도 내가 죽었다는 걸 모를 것이다. 애통하게 여겨 줄 사람 하나도 없었다.

어느 마을 어귀에 큰 정자나무가 있었다. 이른 아침이라 아무도 나와 앉은 사람이 없었다. 나는 나무둥치에 기대어 앉았다. 외눈썹 아저씨는 어미 찾아갈 테냐고 물었었다.

'도화동 주막, 어미……'

사실은 아까부터 그게 마음속을 맴돌았다. 그러나 소문이 과히 틀리지 않았음을 이미 확인한 차에 새삼 거기로 갈 까닭이 없었다. 나는 자꾸 맴도는 생각을 파리 쫓듯 내쫓았다.

'아들을 알아보기는커녕 쳇, 내가 아들과 또래라는 생각조차 않던걸.'

하지만, 하지만 깡치가 죽어라고 맞아 가면서도 부러워하던 어미였다.

'혹시 아들인 줄 알면 나를 위해 눈물을 흘려 줄 수 있을까, 깡치 누나처럼?'

뜬금없는 생각에 언감생심, 고개를 내저었다. 꼬챙이로 흙바닥을 죽죽 긋고 있는데 문득 어미는 무슨 생각을 하며 살았을까 하는 궁금증이 일었다. 무슨 생각으로 집을 떠나 발을 끊었고, 무슨 생각으로 아들을 버렸을까? 어미의 삶은 어떠했을까? 어미는 정말 어쩌다가 그렇게 살게 됐을까? 그러고 보니 나는 지금까지 한 번도 어미의 삶에 대해 생각해 보지 않았다.

나는 줄 긋기를 멈추고 꼬챙이를 놓아 버렸다. 그동안 오로지 '행실 나쁜' 그리고 '아들을 버린' 어미에 대해 수치심과 원망만 품고 있었다. 나 역시 어머니와 동네 사람들의 눈으로 어미를 보고 있었다. 그래서 동네 아이들 말 한마디에 그렇게 주먹을 휘둘렀던 것이다. '내 어미는 그런 사람이 아니다.'라는 마음이었는지 '그런 사람은 내 어미가 아니다.'라는 마음이었는지도 분명하지 않았다. 나는 뒤로 비스듬히 기댔던 몸을 바로 세웠다. 그리고 한참 뒤, 벌떡 일어나서 엉덩이에 묻은 흙을 털었다. 몇 걸음 걷는 동안 저절로 걸음이 빨라졌다. 도화동 주막으로 갈 명분을 찾아냈다.

주막

　주막에 도착한 건 저녁참이 꽤 남은 때였다. 밥때가 아닌 한가
한 시간이어서인지 평상엔 아무도 없었다. 어미가 있음 직한 방 앞
에도 신발이 없었다. 헛기침을 해 보았지만 아무도 나와 보지 않았
다. 나는 평상에 덜렁 누웠다. 마당가에 서 있는 오동나무 이파리
사이로 파란 하늘이 보였다. 하루살이 날갯소리 하나 들리지 않고
조용한 가운데 하얀 구름이 나뭇가지 사이로 무심하게 흘러갔다.
옆으로 돌아누우니 작은 헛간 지붕 위로 박이 하얗게 자라고 있었
다. 헛간 벽이 약간 허물어져 있는 것도 보였다. 짚을 얹은 엉성한
지붕 끝이 벽과 함께 기우뚱 내려앉아 있었다. 조만간 고치지 않으
면 자꾸 흘러내릴 모양새였다. 부엌문 한 짝도 슬쩍 기울어져 있었

다. 그렇게 허술한데도 사람 사는 풍경이라 보기에 나쁘지만은 않
았다.

문득 작은 인기척이 들렸다. 화들짝 놀라 일어나 보니 여자애 하
나가 서 있었다. 전에 그 아이였다, 청이. 이렇게 또 기습처럼 만나
다니 당황스러우면서도 반가웠다. 여자애도 나를 알아본 모양이
었다.

"저기, 아주머니는……."

"몰라. 와 보니 아무도 없어서 기다리는 중이야."

"너, 전에……."

"그래, 나 너 알아. 청이."

여자애가 눈을 동그랗게 떴다.

"아, 전에 네 동무가 그렇게 부르는 걸 들었어. 나는…… 나는
가, 강재야."

나는 얼결에 강재라고 말해 버렸다. 퍼뜩 든 생각이지만 뺑덕 어
미라고 불리는 사람이 이 주막에 있는데 나를 뺑덕이나 병덕으로
소개하기가 뭣했다. 당장에 아들이라 밝힐 마음이 있지 않는 한.

"강재……. 그런데 이 근처에 사니? 자주 오는 것 같네."

"뭐, 그냥……."

"청이 왔구나. 아이고, 손님까지."

할머니와 어미가 큼직한 소쿠리를 들고 나타났다. 우물가에서
오는 길인지 푸성귀가 잔뜩 담긴 소쿠리에서 물이 뚝뚝 떨어졌다.

소쿠리를 내려놓자마자 어미는 머릿수건을 벗어 손에 쥐고 옷을 탁탁 털었다. 어미는 내 쪽은 쳐다보지도 않고 청이가 내미는 보따리를 낚아채다시피 받아 끌렀다. 남색과 치잣빛이 어우러진 치마 저고리 한 벌이 나왔다. 할머니가 나를 알은체했다.

"가만 보자, 안면이 있네. 국밥 드시랴?"

"아, 예. 천천히 주세요."

어미는 저고리를 몸에 대보며 입이 함지박만 해졌다.

"하이고, 참하게도 했네."

할머니가 치마를 들쳐 보며 거들었다.

"제 어미 솜씨가 그대로 내려왔네. 어미 얼굴 한 번 못 봤는데 행실 음전한 것까지 닮았으니…… 피는 못 속인다니까."

'청이가 직접 지은 옷인가?'

나는 치마저고리를 슬쩍 곁눈질했다. 어린 여자애가 삯바느질까지 할 만한 실력인가 보았다. 어미는 옷을 공들여 개어 보자기로 쌌다. 그러고는 날듯이 방에 들어갔다 오더니 청이에게 돈을 주었다.

"수고했다."

"예, 고맙습니다."

청이가 할머니와 어미를 향해 허리 굽혀 인사하고는 돌아서며 나를 슬쩍 보았다.

"앗!"

나는 입 밖으로 소리가 터져 나오는 걸 얼른 막았다. 꿈에서 본 소녀, 하얀 버선발이 눈앞을 획 지나갔다. 청이였구나. 나는 잠시 혼란한 마음에 인사도 하는 둥 마는 둥 했다. 겨우 한 번 보고 꿈에 떠올렸다는 게 설핏 부끄러운 생각이 들었다.

"그런데 너, 전에도 왔었지?"

어미는 이제야 나를 알아보았다. 나는 전보다 배짱이 생겼다.

"예, 저녁 먹고 자고 갈 거예요."

"장날이 아니니 방이야 너르지만, 어디로 가는 길인데 이 시간에 주막에 들러 죽치냐? 해 떨어지기 전에 고개 하나는 너끈히 넘겠건마는."

어미가 퉁을 주듯이 말했다.

"……"

"혹시 너, 있을 데 없어 떠돌아다니는 중이니? 집 없어? 부모는?"

어미는 새삼 나를 이리저리 뜯어보았다. 나는 찔끔하며 몸을 움츠렸다. 하지만 그건 헛걱정이었다. 어미는 내가 누구인지 생각도 못 하는 눈치에다 한술 더 떠서 이렇게 말했다.

"너도 참 딱한 애로구나. 여기 들러붙을 생각은 아예 하지도 마라."

나는 기분이 나빠져 퉁명스럽게 대꾸했다.

"그럴 생각 눈곱만큼도 없어요!"

"아니면 그만이지 왜 소리를 지르고 그래?"

"너는 이제 애하고도 싸우려고 시비냐? 어려도 손님은 손님이다."

할머니가 끼어들었다. 어미가 뭐라고 하려다가 귀찮다는 듯 입을 다물었다. 나는 심사가 뒤틀렸다.

"애, 애, 하지 마세요. 강재라고 해요. 클 만큼 컸어요. 고깃배도 탔다고요."

"고깃배? 정말이냐?"

어미가 흥미를 보였다.

"예, 근데 이제 그만하려고요."

"꼴에 허풍은. 나이도 얼마 안 돼 보이는데 그만한다 어쩐다 할 만큼 배를 타기나 했니?"

어미가 또 나섰다. 하고 싶은 말이 있으면 못 참는 성미인가 보았다. 그 말에도 인정머리라고는 털끝만큼도 묻어 있지 않았다. 나는 개의치 않기로 했다. 작년에 봤을 때 이미 말본새는 알아본 터였다.

"사실 얼마 안 탔어요. 그런데 동무가 바다에서 죽는 바람에 정나미가 떨어져서요."

"거봐, 거봐. 떠도는 중인 거 맞네."

할머니가 데친 푸성귀를 건지다가 나를 올려다보았다.

"동무가 죽었다니 안됐구나. 강재라 했니? 저기 저 소쿠리 이리로 갖다 주렴."

강재라는 말에 "예?" 하다가 나는 얼른 소쿠리를 갖다 주었다. 내 입으로 말하긴 했지만 강재라고 불리니 기분이 야릇했다. 게다가 뭘 시켜 줘서 다행이라는 느낌, 그건 더 어색했다.

"뭐, 우리 집에 남정네 하나 있어도 든든하지."

"남정네는 무슨, 핏덩이 어린애 가지고. 기왕 둘 거면 진짜 사내 같은 사내를 들이든지."

어미는 입을 삐죽하며 방으로 휭하니 들어갔다. 참, 말하는 본새가 일관성 있었다.

'김칫국 마시고 있네. 여기 머물 생각 털끝만큼도 없네요. 들이기는 뭘 들여?'

나는 속으로 중얼거리며 소쿠리를 옮겨 주었다.

"뺑덕이 행실 신경 쓰지 마라."

이번엔 뺑덕 어미도 아니고 아예 뺑덕이라고 했다. 어찌 된 건지 뺑덕이란 이름이 예사로 쓰이고 있었다. 참 이해하기 어려운 일이었다. 그 이름이 어미에게는 툭툭, 아궁이에 부딪는 부지깽이 소리만도 못하게 들리나?

"우리 집이나 되니까 저런 년을 두고 있지 딴 데 같으면 어림없다. 일거리 팽개쳐 두고 방으로 내빼는 꼴 좀 봐라."

할머니가 어미더러 들으라는 듯 지청구를 크게 했다. 방 안에서 걸걸한 대답이 튀어나왔다.

"아, 곧 저녁 손님 들이닥칠 텐데 단장이라도 해야지. 흙밭에
서 온 꼴로 손님을 맞겠수? 낮에 국 한 솥 다 끓여 놨는데 일은 무
슨…… 밥만 하면 되겠구먼."

"우물가에서 털고 씻고 했으면 됐지 뭘 더 단장하나. 애고고."

할머니는 소쿠리를 들고 힘겹게 허리를 펴며 일어났다. 나는 어
정쩡하게 서 있다가 어긋난 문짝을 보며 말했다.

"이 부엌문 지금 안 고치면 크게 망가지겠는데요. 손 좀 봐 드릴
까요?"

할머니 눈이 반짝했다.

"할 수 있겠니? 안 그래도 누굴 부르려던 참이었는데 잘됐구나.
연장은 저기 헛간에 있다."

연장은 빈약했지만 나는 이래저래 두드려 맞춰 부엌문을 고쳤
다. 그 정도는 나에게 일도 아니었다.

"하이고, 제법 손이 맵네."

할머니는 대단히 흡족해했다. 그릇을 나르던 어미는 흥, 지 말대
로 애는 아니네,라고 했다. 말에 참 인색한 성품이었다.

저녁 손님은 별로 많지 않았다. 마을 사람으로 보이는 두어 명이
한잔 걸치러 왔다 갔고, 짐을 잔뜩 짊어진 손님 셋이 묵어간다고
했다. 나는 손님들과 함께 잤다.

짐꾼들은 다음 날 이른 아침에 서둘러 떠났다. 나는 딱히 가야
할 곳도 없는 형편이라 어정뜨게 남아 방에서 뒹굴었다. 어미는

'안 가나 보네?' 하는 눈빛으로 나를 흘긋 보더니 이내 관심 없다는 듯 부엌일을 했다.

"어제 보니 솜씨가 제법이던데 저기 저 헛간도 손 좀 봐 줄라나?"

할머니가 내 눈치를 보더니 은근히 말을 건넸다. 나는 흔쾌히 그러겠다고 했다. 딱히 구실을 찾는 건 아니지만, 할 것도 없고 갈 곳도 없는 때에 할 일이 생긴 게 반가웠다. 나는 그다음 날까지 머물면서 진흙을 개어 헛간을 단단하게 손질했다.

"겨울 날 때까지 있으려면 있으려무나, 밥은 줄 테니."

할머니는 슬쩍 말을 흘렸다. 나는 그러겠다, 말겠다 하는 대답도 없이 어물쩍 머물렀다. '아직 갈 데를 정하지 않았으니까.' 나는 속으로 그렇게 말하며 스스로 핑계를 댔다.

어미는 거침없이 말을 하는 편이었다. 손님한테도 마음에 안 들면 막말을 하다시피 하여 할머니의 지청구를 들었다.

"흥, 할망구. 내가 그렇게라도 하니 사람들이 우리를 우습게 안 보는 거지 알고나 그래요? 예, 예, 하면 함부로 하는 게 인간이라고. 특히 거친 장꾼들은."

어미는 입을 삐죽이며 코를 홱 풀었다. 나는 그런 어미가 못마땅하여 고개를 돌렸다.

내가 오기 전에는 어찌했나 싶을 정도로 일거리가 많았다. 물을 져다 나르고, 나무를 해다가 장작을 팼다. 품삯을 들여 해야 할 일들을 내가 해 주니 어미도 늘어붙니 어쩌니 하는 소리를 하지 않았다.

어미는 저녁 손님들과 어울려 술을 마셨다. 할머니는 슬쩍슬쩍 어미의 술잔을 빼돌렸다. 얼마 안 가 나는 할머니가 왜 그러는지 알았다. 어미는 술에 취하면 우는 버릇이 있었다. 울면서 하는 넋두리는 도무지 알아들을 수 없는 데다 그 모습이 누가 봐도 꼴불견이었다. 그때쯤이면 할머니가 어미를 방으로 끌고 가 밀어 넣었다. 어느새 그 일은 내 몫이 되었다. 나는 어미의 혀가 꼬인다 싶으면 일찌감치 팔을 잡아끌었다. 어미는 엉덩이를 뻗대며 버텼지만 내가 두 어깨를 우악스럽게 거머잡고 "아주머니!" 하고 소리를 지르면 못 이기는 척 힘을 뺐다. 그럭저럭 나는 주막에 눌러앉는 것으로 자리를 잡았다. 그럴 생각으로 온 건 아니었지만 나쁘지는 않았다.

헛간은 장정 대여섯이 너끈히 들어앉아 가마니나 새끼 정도는 엮을 크기였지만 이런저런 연장들과 소쿠리, 잡동사니만 뒹굴고 있었다. 부엌 뒤로 광이 따로 있어 곡식이나 저장 채소들은 거기 보관하는 모양이었다.

'나 누울 방 하나 들일 공간은 되지 않을까?'

나는 눈어림으로 맞춰 보았다. 어차피 겨울을 여기서 날 것 같으면 더는 손님들 속에 끼어 자기 싫었다. 장꾼들의 질펀한 농지거리를 듣는 것도, 투전질하는 옆에서 잠을 청하는 것도 하루 이틀이지

매일은 괴로운 일이었다. 헛간을 잘 정리하면 반은 방으로 써도 될
것 같았다. 구들장까지 깔지는 못해도 꽤 쓸 만한 방이 나올 것 같
았다. 얼마나 있을지 모르겠지만 한겨울 아주 추울 때 아니면 밤에
혼자 쉴 수도 있고 보따리나마 짐을 따로 챙겨 두기도 좋을 터였
다. 할머니는 괜찮다고 했다.

"나중에 너 가고 나면 손님방으로 써도 되고 광으로 써도 되니
나쁠 것은 없지. 재주껏 만들어 봐."

방 들일 궁리를 하자 나는 슬쩍 들떴다. 새로 머물게 된 이곳이
은근히 나를 흥분시켰다. 어미도 처음과 달리 영 못 볼 정도는 아
니었다. 그리고 위쪽 마을에는 청이도 있었다.

나무를 하러 다닌 지 며칠 만에 아랫마을에서 일하고 돌아오는
청이와 마주쳤다. 나는 드디어 만났다 싶어 흠흠, 하며 목을 가다
듬고 가까워지기를 기다렸다. 청이는 의아한 눈으로 나를 빤히 보
았다. 왜 아직 머무르느냐는 눈빛이었다.

"주막에서 좀 있으려고."

"그래? 그럼 거기서 지내는 거야?"

"뭐, 당분간이지만 그렇게 됐어."

"잘됐다. 귀덕이하고 다 같이 동무하면 되겠네."

"귀덕이?"

전에 나뭇짐을 지고 있던 아이 이름이 귀덕이였던 것 같다고 생

각하는데 청이가 웃었다.

"마침 저기 오네."

돌아보니 한 아이가 빈 지게를 지고 고샅을 빠져나오고 있었다.

"청아, 이제 오니?"

귀덕이는 나를 기억하지 못하고 궁금해하는 기색이더니 청이 설명을 듣고는 이내 빙긋 웃었다. 눈빛이 순했다.

"강재라고 해."

나는 이제 강재라는 이름을 태연히 사용했다. 진짜로 내 이름 같았다.

"그래, 나무하러 가면 가끔 보겠네. 청아, 나무 한 짐 해다 놨다."

"번번이 고마워."

"아저씨가 배꼽마당까지 나와 기다리고 계시더라. 얼른 가 봐. 나는 급한 심부름이 있어 간다."

귀덕이는 나에게도 눈인사를 하고 바삐 떠났다. 청이까지 서둘러 가자 나는 지게를 한 번 추켜올리고 주막으로 향했다.

담을 도는데 큰소리가 났다. 어미의 악다구니가 들렸다. 뛰어가 보니 어미가 눈을 부릅뜨고 한 남자와 싸우고 있었다.

"이게 진짜! 술도 제대로 안 팔아 주면서 저녁 내내 평상 차지하고 앉아 치근덕대더니 이제 손찌검까지 해?"

"이년 봐라. 손찌검이라니, 네가 먼저 날 밀쳤지."

남자 입에서도 험한 욕이 나왔다.

"뭐, 네가? 너 몇 살이야?"

어미는 길길이 뛰며 남자를 물고 늘어졌다. 할머니가 이쪽저쪽, 잡았다 놓았다 하며 종종거렸지만 어림없었다. 나는 얼른 지게를 내려놓고 어미를 뜯어말렸다. 어미는 입 못지않게 손아귀 힘도 세서 쉽게 끌어낼 수가 없었다. 남자는 옷이며 머리가 엉망이 되었다. 급기야 남자는 나와 어미를 밀치며 발길질을 했다. 그 바람에 어미 앞을 막아서던 내가 허벅지를 세게 걷어차였다. 나는 불뚝 화가 일어나 어미를 말리는 척하며 팔꿈치로 남자 가슴께를 힘껏 쳐냈다. 남자가 윽, 하고 휘청하자 이내 어미 손이 남자 바지춤을 잡아챘다. 어미가 악착같이 물고 늘어지자 남자는 식겁을 하고 물러났다. 몇 안 되는 다른 손님들도 슬금슬금 자리를 떴다.

"이년아! 손님을 아예 쫓아라, 쫓아!"

"손님 좋아하시네, 저녁 내내 술 한 사발 먹고 앉아 말 같잖은 소리나 늘어놓는 것들이. 지들끼리나 마시든가, 왜 자꾸 불러 대며 성가시게 구느냔 말이야! 나를 아주 우습게 알아."

어미는 분을 못 이겨 저녁도 안 먹고 거푸 술을 마셨다. 할머니는 술잔을 뺏다가 포기해 버렸다. 달이 둥그러니 떠올랐을 무렵, 어미는 넋두리를 늘어놓으며 울기 시작했다.

"내 저럴 줄 알았다. 그래, 울어라, 울어. 손님 없을 때 많이 울어라. 너 혼자 우는 것까진 안 말린다."

할머니는 투덜투덜하면서 방으로 들어가 버렸다. 나는 어미를 방에 끌어다 놓았다. 어미는 나를 잡고 킬킬거렸다.

"강재야, 나 다 안다. 히힛, 너 아까 그 자식 일부러 밀쳤지? 잘했어."

"밀치긴 누굴 밀쳐요?"

"이히힛, 팔꿈치로 콱 치는 거 봤다. 나는 네가 마음에 든다, 크크크. 강재야, 내 말 좀 들어 봐라."

나는 공중에다 휘저어 대는 어미의 팔을 붙잡아 내렸다. 어미가 늘어놓는 혀 꼬인 넋두리는 반도 알아듣기 어려웠지만 여러 번 같은 말을 해 대니 대충 해독이 되었다.

"나는 지독하게 재수가 없는 년인 거라. 애 못 낳는 집에 시집갈 때만 해도 열여덟, 나도 꽃 같았단 말이다. 나도 왕년엔 꽃 같았다고! 강재야, 나는 내가 그리로 시집가는 게 지지리도 가난한 친정을 살리는 일인 줄 알고 착하게 갔다. 그러니까, 나도 착한 적이 있었단 말이다. 착하고 고와서 서방 사랑을 받은 적도 있었단 말이다."

어미의 예전 이야기는 처음이었다. 착하고 고왔다는 내용도 의외였다. 하지만 내 말은 퉁명스럽게 튀어 나갔다.

"그런데 지금은 왜 이렇게 살아요?"

"왜 이렇게 사느냐고? 내 사는 게 어때서? 흥, 네가 뭘 모르네. 강재야, 그래그래, 알았다. 나 같은 년은 참 운도 나쁘지. 왜 서방이란 남정네가 지 마누라 하나를 못 휘어잡고는 내가 내쫓겨도 멀뚱

히 보고만 있느냔 말이다, 등신같이. 내가 씨받이도 아닌데, 엄연
히 두 번째 마누라로 간 건데, 엉엉."

어미는 다시 울기 시작했다. 어미가 남정네, 등신이라고 퍼붓고
있는 사람…… 아버지. 내게 바람막이가 되어 주지 못했던 아버지
는 어미에게도 그랬구나. 아버지에게 어미는 그저 애 낳아 주러 온
여자일 뿐이었나?

호불호가 뚜렷하고 말이나 행동에 심사를 있는 대로 티 내는 어
머니에 비해 아버지는 원래 무덤덤하고 살갑지 않은 성품이었다.
윤덕이가 태어나기 전, 어머니가 나를 무릎에 앉히고 예뻐할 무렵
에도 아버지는 드러내 놓고 나를 귀애하는 티가 없었다. 윤덕이가
자라면서 어머니가 나를 멀리할 즈음, 나는 아버지의 눈길을 애타
게 기다렸다. 자주 아버지 근처에서 얼쩡거리고 칭찬받을 만한 일
을 하느라 애썼다. 그러나 아버지는 그저 무덤덤할 뿐 나를 각별히
대해 주지 않았다. 가끔 아버지가 윤덕이를 어르거나 윤덕이에게
웃음을 지어 보일 때면 나는 혹시 아버지도 어머니처럼 나를 내치
지 않을까 불안했다. 더 자라서 내가 주먹질을 하고 다니기 시작
했을 때에도 아버지는 나를 크게 꾸짖지 않았다. 그저 나를 혼내
는 어머니에게 알아들었을 테니 그만하라고 이르고는 스윽 방으
로 들어가 버리곤 했다. 나는 그게 섭섭했다. 기대고 싶었지만 기
댈 수 없는 아버지였다.

"그 기세등등한 여편네가 나를, 나를 말이다, 씨받이 취급을 하

며 구박을 하더니 내쫓더란 말이다. 아들만 빼앗고 내쫓더란 말이다. 엉엉, 장돌뱅이 하나 나한테 얼렁뚱땅 얽어 붙이더니 화냥질을 했네 어쩌네 하면서……. 나는 억울하단 말이다."

어미 입에서 처음으로 나온 '아들'이란 말에 눈이 번쩍 뜨였다.

"아들은, 아들은 어디 있어요?"

어미는 내 말을 듣지 못했다.

"이렇게 억울한 일이 어디 있을꼬? 아비도 오라비도 나 몰라라 하고, 나를 팔아넘긴 돈으로 논 샀다더니 그것도 노름질에 다 잡혀먹고 엉엉, 지지리 복도 없는 년! 오라비라는 게 말이다, 강재야, 시집가서 쫓겨 온 년이라고 발도 못 붙이게 하더니 그 기세등등한 여편네가 던져 준 돈만 빼앗아 갔다! 오라비가 뭐 그래!"

몇 번 더 격격거리다가 웅얼거리다가 하던 어미 몸이 옆으로 스르르 기울었다. 나는 얼른 베개를 끌어다 받쳐 주었다. 어미는 허리를 새우처럼 꼬부린 채 중얼거렸다.

"강재야, 나는 착한 거 싫다. 착하면 다 무시하더란 말이다. 내가 먼저 바락바락 안 하면 남들이 나한테 바락바락하더란 말이다."

바락바락……. 중얼중얼하던 말소리가 잦아들었다. 어미는 팔을 방바닥으로 툭 떨어뜨리더니 잠이 들었다. 광대뼈가 불거진 얼굴에 눈물 얼룩이 졌고, 약간 벌어진 입 사이로 윗니 두 개가 비끗 보였다. 참하다고도 곱다고도 할 수 없는 여자였다. 하지만 한때는 곱고 착한 적도 있었단다. 나를 낳았을 무렵에도 고왔을까? 오라비에게 돈을 빼앗긴 걸 보면 그때까지는 바락바락 악쓰는 사람은 아니었나 보다. 아니면 오라비라는 자가 훨씬 더 우악스러웠거나. 나는 산발이 된 어미 머리를 대충 추스른 뒤 이불을 덮어 주고 나왔다.

할머니가 어스름 달빛 아래서 그릇을 씻고 있었다. 평상과 마당은 이미 깨끗하게 정돈되어 있었다. 나는 툇마루에 걸터앉았다. 할머니가 다 씻은 그릇을 정리하면서 한숨 섞어 말했다.

"아들 대신 돈 몇 푼 받아 들고 쫓겨 왔을 때, 그때는 이미 아비가 죽고 없었제. 어미는 그전에, 시집가기 훨씬 전에 죽었고. 근데 노름질에 빠진 오라비가 쫓겨 온 누이 돈만 챙기고는 이내 저것을 나 몰라라 했어. 꼴 보기 싫다고, 서방 옆에 가서 죽으라고 구박을 해 댔지. 저 불쌍한 것이 여기 와서 나를 붙들고 오지게도 울데. 제어미가 나하고 한동네 살던 동무였거든. 그래, 팔자땜하게 나하고 술장사나 하자며 여기에 눌러앉혀 놓았는데 처음에는 그냥저냥 잘 붙어 있었지. 갈 데도 없었으니까. 그때만 해도 지금처럼 악다구니는 안 썼어."

"그럼 옛날에는 고분고분한 사람이었어요?"

나도 모르게 할머니 쪽으로 몸을 쑥 뺐다.

"뭐, 고분고분하달 정도는 아니었고, 괄괄하고 욱하는 성질은 예전에도 있었지. 여기 있으면서 더러 손님과 시비가 붙기는 했지만 그런대로 장사 잘했지. 한 삼 년쯤 지났나? 장꾼 하나와 눈이 맞아 따라가더니 에휴, 이왕 그렇게 간 거 잘 살았으면 좋았을 것을, 이 년 만인가, 도로 왔더라고. 몰골이며 성질이 형편없이 돼 갖고는. 참, 복 없는 팔자지. 또 몇 년 있다가 여기 자주 오던 장꾼 하나와 저기 저 방에서 살림을 차린 적도 있었다. 그것도 오래 못 가고 돈만 뺏겼지. 그러니 저렇게 악만 남아서……. 볼썽사나워도 그러려니 해라, 강재야."

"아들도 컸을 텐데……."

"에구, 그런 말 마라. 저 사는 꼴 시원찮은 줄은 알아서 그런가 아들 이야기는 입 밖에도 안 낸다."

입 밖에도 안 낸다? 나는 잠시 뜨악했다. 그러면 속에 담아 놓고 일부러 모르는 척한다는 건가?

"강재야, 이거 부엌에 좀 넣어다오."

나는 할머니가 깨끗이 씻어 엎은 그릇 소쿠리를 부엌에 갖다 놓았다. 할머니는 부엌문을 닫고 마루에 걸터앉더니 부썩부썩 담배 쌈지를 꺼내며 하늘을 올려다보았다. 나도 다가가서 나란히 앉았다. 별이 총총했다. 물든 오동 잎 하나가 떨어져 날렸다. 아침에 쓸었는데도 나무 아래 낙엽이 수북이 깔려 있었다. 곧 추워질 것이었다.

"참, 팔자는 독 안에 들어도 못 피한다더니, 나면서부터 복 없는게 서방을 만나도 제 서방이 못 되고, 자식을 낳아도 제 자식으로 못 키우고……. 그러려니 하고 좀 눅지근하게나 살면 그냥저냥 쪼

가리 복이라도 얻어걸려 한세월 넘어가겠건마는 가슴에 쌓인 분을 못 풀어 저리 패악을 부리면서 제 골병 제가 들이고 사네.”

할머니가 담배 연기를 길게 내뿜었다. 연기보다 한숨 소리가 더 길게 흘러나왔다. 나는 어미 방을 건너다보았다.

'가슴에 쌓인 분…….'

창호지 문 너머로 어미의 코 고는 소리가 가늘게 들렸다. 그 소리에 웅크려 잠든 모습이 고스란히 들어 있었다.

“너도 성질 보드라운 편은 아닌 것 같은데 그거 함부로 피우지 마라. 비빌 데 없는 놈일수록 살기 더 힘들다.”

갑자기 화살이 나에게로 날아들었다. 나는 비빌 데 없는 놈이라는 말에 욱하는 걸 가까스로 참았다. 숨을 천천히 내쉬고 나서 말을 돌렸다.

“저기, 헛간 말인데요, 내일부터라도 방을 들일까 하는데요.”

“그래, 기왕 하는 거, 저기 안골에 구들 잘 놓는 영감 있다. 그 영감한테 말해서 구들도 놓아라. 삯은 나무를 하든지 어쩌든지 해서 네가 셈하고. 나야 뭐, 일하는 동안 국밥하고 술은 대 줄 테니까.”

“구들요?”

“암만 작아도 불을 때야 방이지, 겨울 냉골이 무슨 방이라고. 너도 보아하니 생판 갈 데 없는 모양이구면. 훤하게 펴진 얼굴 한번 보기 힘든 거 보니 그동안 살갑게 대해 준 사람도 없었던 것 같고. 곧 추워지면 묵어가는 손님도 늘 텐데 혹시 자리 모자라면 한둘은 끼워 재워 줘라."

"예……."

할머니는 그만 자자, 하며 방으로 들어갔다. 어미는 깊이 잠이
든 모양인지 방에서 기척이 없었다. 나는 마당을 두어 번 왔다 갔
다 하다가 손님 없이 휑한 방으로 들어갔다. 눈을 뜬 채 어두운 천
장을 보고 있는데 아가야, 하고 부르던 부드러운 목소리의 고운 여
인과 악다구니가 터져 나오던 패악스러운 어미 얼굴이 겹쳤다. 나
는 고개를 세차게 흔들어 지웠다.

"저 사는 꼴 시원찮은 줄은 알아서 그런가." 할머니 말이 귀에
맴돌았다. 나는 팔을 베고 모로 누웠다.

'내일 안골 영감이란 사람을 찾아가서 얼른 구들이나 만들어 달
래야지.'

우선 벽을 세워야겠지. 그건 나 혼자도 할 수 있을 것이다. 벽 세
개는 이미 되어 있으니 방문을 낼 벽만 만들면 될 일이다. 방문이
야 아쉬운 대로 거적때기를 늘어 놓아도 될 터였다. 적당한 돌을
구해 와서 함께 구들을 놓고 방바닥을 고르게 만들고 나면 내 방
이 생기는 것이다. 나는 어미 하는 짓이 꼴불견이든 어떻든 겨울은
여기서 보내야겠다고 마음먹었다.

청이와 귀덕이

    나무 한 짐을 해 오다가 지팡이를 두드리며 더듬더듬 가는 남자를 만났다. 나는 비스듬히 옆으로 다가갔다. 볼이 살짝 패고 이마가 반듯한 남자는 눈은 감겨 있었어도 입성이 깔끔했다.

    '청이 아버지 심 봉사인가 보다.'

    나는 천천히 심 봉사 뒤를 따라 걸었다. 심 봉사는 지팡이에 눈이 달린 듯 굽은 길도 용케 알고 갔다.

    "거, 뒤에 누구요?"

    심 봉사가 걸음을 멈추더니 한 발 옆으로 비켜섰다. 나는 적이 당황하면서도 얼결에 허리까지 굽히고 절을 했다.

    "아, 안녕하세요? 강재라고 합니다. 저 아래 삼거리 주막에서 일

합니다."

"아, 새 일꾼이 왔다더니 그 총각인 게로군. 먼저 가게."

"예, 그럼."

나는 앞질러 갔다. 청이가 내 이야기를 아버지한테 한 모양이었다.

마을을 벗어나 개울 앞에 이르자 청이가 돌다리를 건너오고 있었다. 귀덕이와 함께였다. 귀덕이가 먼저 말을 걸었다.

"잘 만났다. 너, 여유 있으면 아랫마을 초시 댁에 나무해 줄래? 그 집은 살림이 커서 나무와 장작이 늘 모자라거든."

"나무 말고 일손이 더 필요할 때도 가끔 있어."

청이가 덧붙였다. 얘들은 나한테 일거리가 필요하다고 여기는 모양이었다. 하기야 눌러앉았다고는 해도 작은 주막에서 나 같은 일꾼 하나를 돈 줘 가며 쓸 형편이 아닌 건 다 아는 일일 테니까. 나는 굳이 부인하지 않았다. 같이 일하자는 것은 나를 좋게 봐 줬다는 의미이기도 했다. 나는 속으로 무지 기뻤지만 겸연쩍어 내놓고 좋아하지는 않았다.

"나무라면 뭐…… 하, 하지 뭐."

고마워, 라는 말이 목까지 나오다가 도로 들어가 버렸다. 귀덕이가 싱긋 웃었다.

"네 방 들인다며? 지금 주막에 들렀다 오는 길이야."

"그, 그래."

내 방, 듣기 싫지 않았다.

"거들어 줄까? 돌 갖다 나르고 흙을 개려면 만만찮을걸."

귀덕이가 예사롭게 말했다. 나는 눈을 동그랗게 떴다. 얘들은 뭐든지 쉽구나. 경계도 없고 의심도 없고. 주먹에 힘이라고는 없어 보이는데도 내 주먹심을 가늠하거나 살피는 눈치도 없었다.

"너는 이 동네에 아는 사람도 없고, 동무도 없잖아."

귀덕이는 순하게 웃었다. 동무하자는 말이었다. 나는 엉뚱하게도 볼이 살짝 달아올랐다. 청이가 나도, 라는 듯이 방긋 웃었다. 이 아이들은 내 쭈뼛쭈뼛함을 아무렇지도 않게 허물어 버리는 재주가 있었다.

다음 날, 귀덕이는 정말로 굵고 기다란 나뭇가지 몇 개와 잘게 썬 짚을 한 아름 안고 와서 헛간에 부렸다.

"이만하면 되겠지?"

귀덕이는 내가 여러 날 모아 놓은 황토를 만지며 싱긋 웃었다. 어떻게 된 게 이 녀석은 뭐든 술술 해냈다. 말이고 행동이고 막힌 데가 없었다.

귀덕이와 함께 황토에 짚을 넣어 물을 붓고 개었다. 헛간은 이미 삼면으로 벽이 있는 데다 작은 들창까지 나 있었다. 나머지 벽 하나야 문짝 달 곳을 빼면 한 길 너비도 못 되었다. 귀덕이 덕분에 한나절 만에 그 벽을 다 세웠다. 안골 영감과 함께 이틀에 걸쳐 구들을 놓고 헛간 밖으로 작은 아궁이를 만들고 나자 방은 거의 다 된

거나 마찬가지였다. 남자 두셋이 누우면 빼곡할 방이지만 엉성한 대로 문으로 쓸 거적까지 매달고 나니 꽤 쓸 만해 보였다. 아궁이에 거푸 장작을 한 아름씩 땠더니 며칠 만에 벽도 보송보송 마르고 방바닥이 뜨뜻한 게 가슴이 벅찰 지경이었다.

갓 캔 고구마를 장작불에 구워 청이와 귀덕이와 함께 먹고 있다 보니 여기에 아예 눌러살아도 좋지 않을까 하는 생각이 들었다. 청이가 물었다.

"가족은 없어?"

"뭐……."

내가 말을 흐리자 둘은 나를 빤히 보며 입을 다물었다. 확 역정이 올라와서 나는 단숨에 말해 치웠다.

"알 게 뭐야, 없어!"

대충 알고 관심 끊으라는 거친 말투가 통했는지 둘은 더 캐묻지 않았다. 나는 공연히 신경질이 나서 고구마 하나를 들고 껍질을 후다닥 깐 다음 덥석 물었다. 무지 뜨거웠지만 내색 않고 우물거리다가 삼켰다.

나는 주막 일 말고도 가끔 초시 댁에 일이 있다고 하면 어물쩍 가서 거들었다. 청이는 바느질이며 초시 댁 집안일까지 부지런히 하러 다녔다. 그렇게 해서 눈먼 아버지를 극진히 봉양하는 모양이었다. 굳이 귀덕이가 한 말이 아니어도 청이는 오로지 아버지를 위해 사는 아이라는 게 눈에 훤히 보였다.

겨울 동안 쓸 장작을 패 주러 초시 댁에 갔다가 셋이 같이 돌아오는 길이었다. 가을이 깊어 울긋불긋한 단풍이 바람에 오소소 떨어졌다. 청이는 이파리 하나를 주워 들었다.

"곱다. 우리 아버지는 이렇게 고운 단풍도 못 보시고⋯⋯."

"또, 또! 하여간 너는 잎이 피어도 아버지, 잎이 져도 아버지야."

청이가 배시시 웃었다.

"그러게. 저절로 그런 생각이 드는 걸 어떡해. 이 어여쁜 걸 직접 보실 수 있다면 얼마나 더 좋아?"

"네가 일일이 말로 다 설명해 드리잖아. 이파리 색 하나하나, 바람에 날려 떨어지는 모양 하나하나까지. 아저씨는 네 이야기만으로도 머릿속에 다 그리실걸."

귀덕이는 청이에게 말하면서 눈은 나를 보고 있었다. 청이가 이런 애야, 라고 설명하는 것이었다.

'잎이 피어도 아버지, 잎이 져도 아버지⋯⋯.'

깡치는 전복을 캐도 누나, 진주를 캐도 누나였다. 다들 왜 그러지? 대체 무슨 마음이기에 그렇게 식구한테 뭔가를 해 주고 싶어 안달인 거지? 나는 어미가 둘이나 있어도 진주를 캔 돈도, 장작 패서 번 돈도 줄 데가 없었다. 청이 아버지는 청이를 어떻게 키운 걸까? 눈도 안 보이면서.

아버지 생각이 났다. 어미가 "지 마누라 하나를 못 휘어잡고는……." 하며 한을 품은 아버지, 나를 향한 어머니의 냉랭함을 알면서 모른 척하던 아버지. 비겁한 아버지.

"쳇, 아버지는 무슨……."

주막으로 들어서니 일찌감치 손님들이 평상을 차지하고 있었다. 할머니는 국자를 들고 하얀 김이 오르는 국솥 옆에 붙어 있고 어미는 정신없이 국밥과 술을 나르고 있었다. 할머니가 나를 보고 반색을 했다.

"아이고, 강재야, 어서 와라. 눈코 뜰 새가 없네."

나는 얼른 소반을 받아 들고 날랐다.

"너는 여기 붙어 있질 않고 딴 데 가서 돈 버냐?"

어미는 말은 그러면서도 간만에 희색이 돌았다. 그 정도면 곱게 말하는 거였다. 몸놀림도 날렵했다. 툇마루에 짐이 수북이 부려져 있었다. 묵어갈 손님이 많다는 뜻이었다. 나는 손님 중에 몇몇은 이제 낯이 익어 알은척 인사까지 나누었다. 한 무리가 상을 물리자 또 한 무리가 들이닥쳤다. 그러고 보니 내일 고개 너머에 장이 서는 날이었다. 앞선 장에서 재미를 보았는지 수육까지 시키는 이들도 여럿 있었다. 어미가 희희낙락 신이 날 만도 했다.

낮에 장작을 팬 데다 저녁 늦게까지 국밥 상을 들고 종종거린 탓에 일이 대충 끝나갈 즈음에는 온몸이 노근노근했다. 노곤함을 참고 평상을 치우고 있는데 난데없이 얼굴에 뭐가 휙 날아와 달라붙었다. 손으로 닦으니 끈적끈적한 게 묻어 나왔다.

"에잇, 더러워!"

있는 대로 인상을 쓰며 고개를 드니 아까 평상을 차지하고 앉았던 젊은 더벅머리 장꾼이 코에서 손을 떼고 있었다. 그러니까 그치가 코를 푼 게 나에게 날아온 것이었다.

"아, 실수!"

더벅머리는 히죽 웃고는 돌아섰다.

"이봐요!"

소리를 꽥 질렀더니 더벅머리가 방문 고리를 잡고 고개만 슬쩍 돌렸다. 그 태도에 속에서 불기둥 하나가 불쑥 치솟았다.

"뭐 하는 짓이요?"

"아, 실수라 했잖아."

"뭐요? 사과도 없어요?"

"아니, 근데 손님한테 왜 소리를 지르고 야단이야? 일부러 그런 것도 아닌데 말이야."

더벅머리는 도리어 눈을 부라렸다.

"손님이라는 게 무슨 유세 거리라도 되냐, 사람한테 코를 풀고도 기세등등하게?"

"뭐? 기세등등? 어쭈! 주막 일꾼 주제에 말이 막 나온다?"

내가 주먹을 꽉 부르쥐기가 무섭게 손이 제멋대로 날아갔다. 더벅머리가 얼굴을 싸쥐었다가 드는데 코피가 터졌다. 아차, 싶었지만 이미 엎질러진 물이었다.

"뭐야, 피? 이 자식이!"

더벅머리가 주먹을 내질렀다. 천만에, 그 느려 터진 주먹을 맞고 있을 내가 아니었다. 헛주먹질이 되자 더벅머리는 약이 올라 몸을 날려 나를 덮쳤다. 팔을 뻗어 막으며 옆으로 슬쩍 피했더니 더벅머리는 중심을 잃고 그대로 나동그라졌다. 나는 발로 녀석 가슴께를 누르고 힘을 꾹 주었다.

"사과하지?"

더벅머리는 모욕감으로 얼굴이 벌게져서 버둥거렸다.

"이봐! 주모!"

할머니가 뛰어나오고 동시에 다른 장꾼 하나가 나에게 주먹을 날렸다. 나는 팔로 막으며 순식간에 장꾼의 먹살을 잡아챘다. 그 사이에 더벅머리가 발밑에서 빠져나와 씩씩댔다. 달려드는 더벅머리보다 할머니가 먼저 내 몸을 막고 붙어 섰다.

"아이고, 강재야, 왜 그러냐?"

할머니가 무조건 미안하다며 싹싹 빌자 대충 앞뒤를 파악한 장꾼이 슬그머니 한 걸음 물러났다.

"그렇다고 손님한테 다짜고짜 주먹질이냐? 그 성질에 네 앞길도 참 뻔하다, 뻔해."

"뭐라고?"

몸을 내미는 나를 할머니가 한사코 붙잡았다. 장꾼은 퉤, 침을 뱉고는 더벅머리를 쥐어박으며 방으로 끌고 들어갔다.

"잘했어. 그딴 놈은 그렇게 밟아 줘야 해."

어느새 툇마루에 어미가 팔짱을 끼고 앉아 있었다.

"이년아, 주먹질한 녀석에게 잘했다가 뭐냐?"

"잘했지, 그럼. 주막에서 심부름하면 코 받이도 해 줘야 하나? 그렇게 손을 봐 줘야 다음에는 너한테 함부로 못 하는 거야."

"시끄러워! 애한테 잘 가르친다. 강재야, 성질 죽여라. 그 성질 잘못 키웠다가는 인생 글러 먹는다."

"흥, 그렇게 죽어 지내면 누가 상이라도 준대?"

"아이고, 저 입! 하여간 나는 주먹질하는 놈 여기 못 둔다. 뺑덕 어미 저년 하나만으로도 말이 많은데 까딱하면 왈패 집 소리 듣겠다."

나는 갑자기 튀어나온 뺑덕 어미라는 소리에 흠칫했다. 이제 예사로 들을 만도 하건만 들을 때마다 움찔했다. 정작 어미는 못 들었는지, 듣고도 아무 생각이 없는지 무심한 표정이었다. 나는 속으로 쳇, 하며 코웃음을 쳤다.

"이년 팔자는 어찌 된 게 바른말 좀 하면 왈패 소리 들어. 나는 네 주먹질이 마음에 든다."

어미는 방으로 들어가며 방문을 탁 소리 나게 닫았다. 나는 어이가 없어 방문을 보았다. 주먹질이 마음에 든단다. 아 정말, 마음에 든다는 말이 어쩌면 이리도 마음에 안 드냐? 혹시 내 욱하는 성질이 어미를 닮은 게 아닐까? 쓸데없이 참지 않는 것도 그렇고. 나는 이제껏 아비 닮았다는 소리는 들어 본 적이 없다. 아버지는 지나치게 유했다. 아버지는 그 유한 성품 때문에 바람막이를 못 해 줘서 어미를 저 지경으로 만들었을지도 모른다. 어미도 예전에는 착했던 적이 있다니까. 물론 술주정을 다 믿을 건 아니지만.

나는 물을 한 바가지 퍼서 얼굴과 팔다리를 싹싹 씻었다. 오싹하도록 차가운 물의 기운이 몸속 구석구석까지 퍼졌다. 나는 방에 들어와 누웠다. 냉기 때문에 온몸이 깨어나 나에게 말을 거는 것 같았다.

"뺑덕이 너, 여기 왜 있냐?"

뺑덕. 그래, 나는 뺑덕이지, 강재가 아니고. 답할 말이 없었다. 정말 나는 왜 여기 있지?

"그런데 깡치, 너는 어디 있냐?"

깡치라 부르고 나니 가슴이 울컥했다. 바닷속에 있다는 그 무릉도원에 있냐? 사시사철 꽃 피고 새 울고 향기롭다는 그곳? 첫, 네가 언제 꽃을 좋아했냐, 새를 좋아했냐? 어쩌면 거기에는 네 누나 대신 어머니가 있을지도 모르겠네. 아, 그러면 좋겠구나. 좋으냐, 깡치야? 기억나는 거라고는 죽도록 치고받고 싸운 것밖에 없는데 왜 이리 보고 싶으냐? 내가 여기 있는 게 깡치 때문이라는 생각이 언뜻 들었다. 그 자식이 하도 엄마, 엄마 했던 것 때문에, 그 일로 내가 그 자식을 너무 많이 팬 것 때문에……. 아니, 그게 아니라 나를 부럽다고 한 것 때문에.

"아우, 지금 내가 뭐 하는 거야!"

나는 휙 몸을 돌려 엎드렸다. 그러고는 꿈을 꾸려 애썼다. 부드러운 목소리, 아가야……. 따사로운 햇빛 속에 다정한 목소리……. 그게 무엇이든 누구든, 그 속에 포근히 감싸이고 싶었다. 그러나 말똥말똥, 꿈은 안 꾸어지고 잡생각만 밀려와 오래도록 뒤척였다.

어미

늦은 점심을 먹고 마른 삭정이 한 짐 하러 갈까 하고 지게를 둘러메던 참이었다. 타닥타닥 지팡이 소리가 나더니 청이 아버지가 주막으로 들어섰다.

"심 봉사가 어쩐 일이우?"

아직 점심상 앞에 앉아 있던 할머니가 몸을 일으켰다.

"뜨거운 국밥 한 그릇이 먹고 싶어서 왔소."

"이리로 올라오우."

"오늘따라 큰 솥에 푹 곤 국 생각이 솔솔 나서 말이지요."

나는 심 봉사 팔을 잡아 평상으로 끌었다. 어미는 힐긋 쳐다보고는 숟가락질을 계속했다.

"청이는 일하러 갔나 보네?"

"예, 초시 댁에 간다고 했소. 점심상이야 차려 놓고 갔지만 국밥 생각에, 허허."

"청이 같은 딸 없지."

"내가 딸 덕에 살지요."

"천천히 불어서 잡수."

할머니는 상을 차려 준 뒤 심 봉사 손을 끌어 국밥 그릇에 대 주었다가 김치보시기에 대 주었다가 했다. 자리를 일러 주는 것이었다. 나는 심 봉사가 자칫 뜨거운 국에 데면 어쩌나 싶어 슬금슬금 곁눈질을 했다. 심 봉사는 멀리서 보면 눈먼 줄 알아채지 못할 정도로 능숙하게 국밥을 떠먹었다. 저 앞 못 보는 사람이 동냥젖을 얻어 먹여 가며 청이를 키웠다고 했다. 귀덕이 엄마 젖을 많이 먹었다고 청이와 귀덕이는 젖 남매라나 뭐라나.

'청이가 저 아버지를 목이 메도록 애틋하게 여긴단 말이지.'

나는 어미를 보았다. 어미는 숟가락질에 여념이 없었다. 어미가 나를 데려와 키웠으면, 술 팔아 나를 키웠으면, 그랬으면 심 봉사가 청이에게 그러하듯 어미도 나에게 애틋한 사람이 되었을까? 나도 청이처럼 어미를 위해 온갖 정성을 다하는 아들이 되었을까?

"뭐 하니? 지게 둘러멨으면 어서 안 가고? 요새 해 짧다."

어미가 퉁바리를 주었다. 나는 암말도 않고 밖으로 나왔다. 아버지가 죽었다는 걸 어미는 알고 있을까? 윤덕이가 태어난 것은? 그

럴 리가. 알았으면 나를 데리러 왔어야 하는 거 아닌가? 내가 천덕
꾸러기로 살 거라는 뻔한 사실을 몰랐나? 홍, 누군가와 저 방에서
살림 차리고 사느라 완전히 잊고 있었던 건 아니고?

어미 말대로 해가 부쩍 짧아졌다. 마른나무 한 짐 해 오는데 벌
써 해가 많이 기울고 있었다. 주막에 오니 아무도 없었다. 그럴 때
가 아니었다. 국솥 아궁이에 장작이 훨훨 타고 있어야 할 시간이었
다. 고개를 갸웃하고 있는데 할머니가 솎음배추 소쿠리를 들고 뛰
어들어 왔다. 표정이 심상치 않았다.

"아이고, 강재야, 어쩌면 좋으냐?"

"왜요, 할머니?"

"저기 저, 하이고, 배추밭 가는 길로 좀 가 봐라. 뺑덕 어미가 다
리를 삐어서 오도 가도 못하고 있다. 어디 부러진 게 아닌가 모르
겠다."

할머니는 평상에 풀썩 주저앉았다.

"내가 부축해 오다가 도저히 힘에 부쳐서 놔두고 너 데리러 왔
다. 몸이 좀 무거워야지. 발이 땅에 닿기만 해도 아구구 하며 소리
를 질러 대니, 원. 오늘따라 지나가는 사람도 없고. 얼른 가 봐라.
그년이 원래 엄살이 심하기는 하지만 영 엄살만은 아닌 것 같다.
아이고, 어쩔 거나?"

나는 말이 끝나기도 전에 부리나케 뛰었다. 배추밭에 미치기 전
비탈에 어미가 퍼질러 앉아 있었다. 내가 달려가자 어미는 우거지

상이 되어 아구구, 소리를 질러 댔다.

"재수가 없으려니 늘 오가던 밭에서도 넘어지고, 아이고."

살펴보니 발이 꽤 부어 있었다. 나는 어미를 일으켜 세웠다. 어미는 발을 땅에 대지 못했다. 나는 무릎을 굽혔다.

"업히세요."

나는 어미를 둘러업었다. 꽤 묵직했다.

"조심 좀 하지 그랬어요?"

"재수가 없으니 그런 거지."

재수 없다는 말이 듣기 싫어 나는 입을 다물고 걷기만 했다.

"아유, 집이 왜 이리 멀어?"

어미가 혼자 중얼거렸다. 업혀 있으니 조금은 미안한 모양이었다. 어미 몸이 처져서 새로 들쳐 올렸다.

"무겁지?"

"아니에요, 괜찮아요."

"내가 네 덕을 다 보네."

내가 말이 없자 어미가 불편한지 화젯거리를 찾았다.

"너는 혼자니? 식구 없어?"

"예, 아무도 없어요."

"네 팔자도 참……. 하긴 뭐, 어차피 혼자야, 사람은."

어미 목소리에 힘이 없었다. 약해져 있을 때 한마디 던졌다.

"왜 그렇게 악악대며 사세요?"

"악악? 말하는 꼬락서니하고는."

꼬락서니? 나는 픽, 웃음이 나왔다. 남한테 그런 말 할 입장은 아니지.

"난 사람이 싫어."

"그래서 말이 고분고분하게 안 나오는 거예요?"

"너는 뭐, 고분고분하니? 너야말로 목에다 욕을 잔뜩 채워 놓고 있잖아. 여차하면 튀어나올 거면서."

"……."

틀린 얘기는 아니라서 대꾸할 말이 없었다. 나는 또 입을 다물었다. 어미는 내 목에 두른 손을 한 번 고쳐 잡았다. 나는 처져 내리는 어미를 다시 추켜올렸다. 문득 어미가 내 등에 편하게 업혀 있다는 게 어색했다.

방에다 눕혀 놓으니 어미가 연신 아구구 소리를 질러 댔다.

"어구구, 땅바닥이 어찌나 차갑던지 엉덩이가 다 언 것 같다."

어미는 이까지 덜덜 떨었다. 나는 이불을 꺼내 덮어 주었다. 할머니가 와서 발목에 냉찜질을 해 주었다.

"강재 없었으면 어쩔 뻔했나? 나 같은 늙은이 혼자서는 도통 방법이 없더라."

나는 밖으로 나가 아궁이에 장작을 몇 개 더 얹었다.

저녁 손님이 꽤 있었다. 나는 할머니를 거들어 소반을 들고 들락거렸다. 조금 한갓지면 틈틈이 방으로 가서 어미에게 찬 수건을 갈

아 주었다. 어미는 물끄러미 내 손놀림을 볼 뿐 별다른 말은 하지
않았다.

설거지까지 다 하고 나니 한밤중이었다. 할머니는 어미 방에서
같이 자겠다고 이불을 들고 들어갔다. 할머니가 함께 잔다니까 마
음이 놓였다. 나는 그런 안도감이 약간 당황스러웠다. 잠자리에 누
웠는데 등판에 어미의 무게가 아직 남아 있었다. 나는 늦도록 잠을
이루지 못했다.

다음 날, 아침 일찍 할머니가 다급하게 깨우는 소리에 일어났다.

"일 났네, 일 났어. 뺑덕 어미 발이 밤새 퉁퉁 부었네. 의원한테
보여 봐야겠다. 이럴 줄 알았으면 어제 바로 갈 걸 그랬다."

어미 방으로 달려가는 내 뒤통수에다 대고 할머니는 어찌할꼬,
어찌할꼬 하며 우는소리를 했다. 어미는 끙끙 앓고 있었다.

"아이고, 나 죽네. 아이고, 나 죽어."

다리만 부은 게 아니라 몸에 열까지 있었다. 나는 어미를 둘러업
고 나섰다.

"할머니는 집에 계세요. 저 혼자 다녀올게요."

의원은 아랫마을에 있다고 했다. 청이가 일하는 마을이었다. 나
는 어미를 업고 뛰었다. 어미의 발을 본 의원은 힘줄이 놀랐다며
가루약을 개어 붙이고 종아리부터 발끝까지 무명으로 친친 감아
주었다.

"놀라면 가슴이 놀라지, 왜 지가 놀라서 퉁퉁 붓고 난리야?"

참, 저 입은 장소 불문이다. 의원이 들은 척하기도 민망한지 흠흠, 하고 헛기침을 가볍게 했다. 나는 쿡 웃다가 삼켰다. 어미가 눈을 흘겼다.

"진정돼야 하니 한 열흘 발을 디디면 안 될 거요."

"하이고, 재수 없는 년은 돌부리에 걸려도 이 지경이 되는구나."

"운이 좋구먼요, 뭐. 부러지지는 않았잖소."

어미는 의원 말꼬리를 잡고 뭐라고 하려다 입을 쏙 넣었다. 의원이 몇 군데 침을 놓고 가만있으라고 하자 앓는 소리를 하던 어미는 어느새 스르르 잠이 들었다. 나는 의원이 준 약을 챙겨 들고 있다가 침을 뺀 어미가 깨자 업고 나섰다.

"어제 오늘, 네 등 신세를 거푸 지네."

"이제 불편해서 어떻게 견디실래요?"

"하여간 복이 지지리도 없다니까, 나는."

"다행이라 하잖아요, 의원이."

"흥, 그런 말 누가 못 해. 아예 안 죽은 걸 다행이라고 하지그래. 무단히 돌에 걸려 넘어져서 발을 못 디디게 생겼는데 재수가 없는 거지, 아닌 척하면 뭐가 달라지나?"

하긴 틀린 말은 아니었다. 재수가 없는 건 없는 거였다. 그래도 나이 지긋한 의원 앞에서 내뱉는 말본새라니, 발이 아니라 입이 놀라 퉁퉁 부었으면 좋았을 뻔했다.

"그건 그래요. 하지만 재수란 있기도 하고 없기도 하는 거지, 자꾸 재수 없네, 재수 없네 할 건 없잖아요."

어미는 가타부타 말이 없더니 한참 있다가 중얼거렸다.

"어린 녀석이 세상 좀 살았다고 제법이네."

더 말 섞기가 싫어서 대답 없이 천천히 걸었더니 어미는 또 잠이 들었는지 조용했다. 밤새 앓느라 못 잔 모양이었다.

고샅을 돌아 나오니 초시 댁이었다. 나는 청이가 왔나 싶어 공연히 걸음을 늦추고는 기웃거렸다. 머슴 하나가 마당을 가로질러 갈 뿐 조용했다.

"강재 아니니?"

그만 돌아설까 어쩔까 하며 머뭇거리는데 뒤에서 청이 목소리가 들렸다. 이제 일하러 오는 길인 모양이었다. 가슴에 보따리가 안겨 있었다. 삯바느질한 옷이겠지.

"아주머니 왜 그래? 어디 아프셔?"

나는 눈짓으로 어미 발을 가리켰다.

"어제 밭에 갔다가 삐셨다."

"그래서 의원한테 다녀오는 길이구나."

"응, 밤새 앓으셨대. 오늘은 늦었네."

"약 달여 드리고 오느라고. 아버지가 고뿔기가 좀 있으셔. 이것만 전해 주고 갈 거야. 점심 죽도 끓여야 하거든."

"그럼 같이 가자."

"그래, 먼저 가고 있어."

청이가 가고 나자 어미가 구시렁거렸다.

"흥, 효녀 났네."

"안 잤어요?"

"자고 있어도 다 들린다. 이내 팔자는 눈먼 봉사만큼도 못하네."

"또 팔자타령이세요? 듣기도 지겹네요."

"그렇잖아, 죽 끓입네 약 달입네. 쳇, 복도 많아."

"부러워서 그러죠? 그러게 아들 잘 챙기시지 그랬어요?"

나는 슬쩍 눙쳐 물었다. 어미 몸이 굳는 게 등판으로도 느껴졌다. 갑자기 뒤통수에 불이 났다. 곧장 어미가 몸을 버둥거렸다.

"내려놔! 이 자식아!"

나는 순식간에 벌어진 일에 놀라 어미를 떨어뜨리고 말았다.

"어구구구!"

어미는 부은 다리가 바닥에 깔려 비명을 질렀다. 나는 얼른 어미 몸을 붙잡아 바로 해 주었다. 그러자마자 어미는 내 뺨을 쳤다. 자세가 기울어 있어서 힘이 들어가지는 않았지만 맞은 건 맞은 거였다. 이런 어이없는 경우가 있나?

"네가 뭔데 그딴 소리를 해? 어디서 굴러먹던 걸, 하이고, 한솥밥 해 처먹였더니 분수도 모르고 기어올라?"

"뭐예요?"

화가 나서 막 소리를 지르는데 청이가 나왔다. 나는 그만 입을

다물고 말았다. 분기가 올라와 얼굴이 화끈거렸다. 청이는 눈을 동
그랗게 뜨고는 바닥에 퍼질러 앉은 어미와 나를 번갈아 보았다. 어
미는 씩씩대며 입을 옴지락거렸다. 청이가 있다고 할 말 안 할 위
인은 아니었다. 다만 분을 못 이겨 말이 터져 나오지 못하는 거였
다. 나는 어미 앞에 쭈그리고 앉았다.

"업히세요."

"일없다. 등판 두 번 내주고 그딴 행세를 하는데 한 번 더 업히면
무슨 소리를 더 들을까? 당장 꺼져라."

나는 마침내 폭발하고 말았다.

"그럼 관두시든지. 내가 등신인가? 맞아 가며 업어 주게."

"강재야!"

청이가 등 뒤에서 불렀지만 나는 그대로 성큼성큼 걸었다.

"아주머니, 어서 강재 부르세요."

"됐다. 너는 니 아비한테나 후딱 가서 죽을 끓이든지 약을 달이
든지 해라. 나같이 복 없는 년이야 길바닥에서 죽는 게 딱이지."

참, 뒤에서 들리는 말이 가관이었다. 나는 돌아보며 소리를 꽥
질렀다.

"그러셔요, 그렇게나 입에 달고 사는 팔자대로 사시라고요! 가
만 보니 자기 좋아하는 대로 팔자를 잘도 만들고 있네."

"팔자를 만들어? 입 터졌다고 무슨! 이놈아, 그래, 애새끼가 막
돼먹게 어른한테 대들어라, 대들어!"

나는 더 돌아볼 것도 없이 걸음을 빨리했다. 뒤에서 "아주머니!" 하는 청이 목소리와 함께 "건드리지 마라, 얼른 가 버려!" 하는 어미의 쇳소리 섞인 악다구니가 들렸다. 청이가 종종걸음으로 다가와 옆에 붙어 섰다.

"도대체 무슨 일이야?"

"앞뒤도 없이 성을 내잖아. 더는 못 봐주겠어."

"그렇다고 움직이지도 못하는 사람을 두고 오면 어떻게 해?"

"못 들었어? 당장 꺼지라는 말. 원하는 대로 해 주는 거야."

"그러지 말고 모시고 와."

"싫어! 자기만 성질 있는 거 아냐."

"아주머니 성질이야 온 동네가 다 아는 건데, 뭐."

"자기 팔자 그런 게 뭔 자랑이라고 남한테 성질을 부려."

"잘 업혀 있더니 왜 그러시는데?"

나는 멈칫했다. 정말 왜 그랬지? 뒤통수 맞은 까닭이 생각났다. 아들 이야기가 그렇게 분통이 터질 일인가?

"네 아버지를 부러워하셔서 그러게 아들 잘 챙기지 그랬느냐고 했더니 저렇게 길길이 뛰네. 뒤통수에 뺨에, 두 번이나 맞았어."

"아들 이야기만 하면 그러신다고 들었어. 아마도 아들 이야기는…… 건드리면 아픈 걸 거야."

"버리고 와서 한 번도 챙기지도 않은 아들이 아프기는 무슨. 그러면서 걸핏하면 복이 없다느니 팔자가 어떻다느니 사설만 길어."

"버린 게 아니고 뺏긴 거라잖아. 우리가 그 사정을 어떻게 다 알아. 그러지 말고 돌아가서 모시고 와."

"싫다고! 내가 바보야?"

"따지지 말고 그냥…… 엄마라 생각해, 여기 있는 동안은."

엄마라 생각하라고? 나는 말문이 막히고 말았다. 무슨 이런 경우가…….

"자, 얼른. 나는 아버지 때문에 먼저 간다."

청이가 나를 돌려세우고는 등을 떠밀었다. 나는 엉거주춤하게 선 채 청이 말을 무시할 수 없는 처지가 되어 버렸다. 손에는 새끼줄에 매달린 약봉지가 대롱거렸다. 청이가 타박타박 가는 걸 보며 나는 오도 가도 못한 채 한참이나 그냥 서 있었다.

결국 되돌아갔다. 어미는 바닥에 그대로 앉아 멍하게 있었다. 나는 아무 소리 없이 어미에게 등을 들이댔다. 어미는 업혀 오지도 악다구니를 하지도 않았다. 나도 암말 않고 가만히 기다렸다. 어미가 움직이는가 싶더니 한참 꾸물댔다. 아픈 쪽 다리에 힘을 못 줘서 못 일어나는구나 싶어 나는 어미 팔을 끌어당겨 둘러업었다. 어미는 순순히 나에게 몸을 맡겼다. 등에 업힌 어미는 몸을 최대한 움츠리고 있었다. 그 몸에서 뜻밖에 순한 기운이 느껴졌다. 몸이 아프니 왈패도 별수 없군. 어미는 내내 아무 말이 없었다.

집에 다 와 갈 즈음이었다.

"너, 피도 안 마른 녀석이 말은 무섭게 하더라? 내가 나 좋은 대로 만든 팔자라고?"

"뭐, 전혀 틀린 말은 아니잖아요. 말을 꼭 그런 식으로 해 대니……."

"참 내, 무슨 상대가 돼야 얘기를 하지."

"에라, 될 대로 되라 하고 마구 살고 있잖아요."

"마구? 네 눈엔 내가 될 대로 되라 하는 거 같니?"

"어쩔 수 없는 사정이야 그렇다 쳐도 아무 남정네나 덜컥 따라갔다가 버림받고 돌아오질 않나, 뜨내기를 기둥서방으로 끌어들여 살림 차린 적도 있다면서요?"

"박복한 팔자 이러면 펴질까, 저러면 펴질까 끙끙대며 애쓴 거다. 알고나 지껄여라. 하긴 머리에 피도 안 마른 네가 뭘 알겠니? 아이고, 상대하는 내가 갈잖다."

애쓴 거라고? 끙끙씩이나 대면서? 자식이나 챙기지. 아들 이야기만 하면 있는 대로 성질을…… 하고 말하려다가 그만두었다. 뒤통수를 또 맞고 싶지는 않았다. 쳇, 아들 탓에 복 없는 팔자가 생겨난 것도 아니고.

청이는 그게 아픈 부분일 거라고 말했다. 그러고 보니 내게도 '어미'는 아픈 말이었다. 수년 동안 '어미'라는 말만 나오면 머리가 홱 돌아 동네 아이들을 두들겨 팼으니까. 내가 어머니의 아들이 아니라는 것이 화가 나고 또 났다. 어쩌면 아버지의 아들도 아닐지 모른다는 것이 두렵고 무서웠다. 행실 나쁜 여자가 내 어미인 것이 죽도록 싫었다. '아들'이 아픈 말이라고? 지금 등에 업힌 어미는 자식을 낳았다는 게 싫은가? 아니면 혹시 정말 딴 남자의 자식을 낳아 쫓겨난 것이라서 기억하고 싶지 않은 건가? 얼굴도 못 알아보는 아들이면서 뭐가 아프단 말인가?

'아프기는 개뿔, 아예 잊은 거지.'

나는 어미를 방에다 내려놓고 할머니에게 약봉지를 건네주었다.

"고생했다. 힘들었지? 어떻게, 큰 탈은 아니던가?"

나는 턱짓으로 어미 쪽을 가리키고는 방으로 들어와 버렸다. 아주머니한테 들으세요, 하는 말조차 하기 싫었다.

며칠간 어미는 방에서 밥상을 받고 요강을 들여다 놓고 썼다. 할머니는 약을 달였고, 손님 밥상은 내가 날랐다. 하지만 그것도 며칠 못 가 어미는 다리를 질질 끌며 평상으로 나와 술을 퍼마셨다. 디디지 말랬는데, 겨우 술이나 먹자고 밖으로 나오다니. 나는 한심해서 어미 쪽을 보지도 않았다. 어미는 주저리주저리 팔자타령을 하며 징징거렸다. 나는 대충 술주정을 들어 주면서 수시로 핀잔을 놓았다.

"좀 사근사근하게 굴지 그러세요? 팔자 고치려거든."

"어른한테 하는 말본새하고는."

"남의 말본새 타박할 처지는 아니지 않아요?"

할머니가 약사발을 들고 왔다가 한숨을 쉬었다.

"약도 아예 술에 타 먹지 그러냐. 이 바쁜 통에 내가 뭔 쓸데없는 짓을 하는지 모르겠다."

찬 바람이 부는 때라 나는 할머니를 거들어 얼기 전에 배추를 뽑아 김장하고 시래기 갈무리도 했다.

"하필 이때 다쳐 가지고는……."

할머니는 나에게 미안한지 혼잣소리처럼 말했다.

"아주머니가 복이 많은 거지요. 이 바쁜 때에 잘 다쳐서 펀들펀들 놀고요."

나는 큰 소리로 비아냥거렸다. 평상에서 다리 죽 펴고 앉아 시래기를 엮고 있던 어미가 눈을 흘기고 입을 삐죽였다.

"그래, 이 녀석아. 나한테는 겨우 이런 복이나 떨어지네. 그래, 참 복도 많다."

심 봉사

나무 한 짐 해서 내려오다가 웬 나이 든 스님의 부축을 받으며
오는 심 봉사를 만났다. 심 봉사는 바짓가랑이가 다 젖어 있었다.

"아저씨, 무슨 일이에요? 어디에 빠지셨어요?"

"누, 누구슈?"

심 봉사는 입술이 파랗게 얼어 있었다. 지팡이를 든 손도 떨렸
다. 제법 봄기운이 나고는 있지만 아직 차가운 날씨였다.

"저, 주막에 있는 강재예요."

눈이 부리부리한 스님은 잡고 있던 심 봉사 팔을 풀어 나에게
내밀었다.

"아는 분입니까? 그럼 부디 잘 모셔다 드리길."

나는 얼른 심 봉사 팔을 잡으며 부축했다.

"그럼 저는 이만. 반드시 부처님의 가호가 있을 것입니다."

스님은 합장을 하고 되돌아갔다.

"개울에 빠지신 거예요? 앞이 훤히 보이는 것처럼 다니시더니 웬일이세요?"

"그게 글쎄, 어디에 홀린 건지 무단히 발을 헛디뎌서는. 부처님이…… 아이고, 아니다."

심 봉사는 방에 들어가서도 덜덜 떨었다. 마른 수건으로 몸을 닦아 주고 농을 뒤져서 새 옷을 꺼내 주었다.

"고맙구나. 혼자서도 갈아입을 수 있으니 이제 그만 가도 된다."

"아니에요, 어서 갈아입으세요. 젖은 옷은 내놓을게요."

나는 이불을 내려서 폈다.

"자, 한숨 주무세요. 곧 청이가 올 거예요."

나는 젖은 옷을 마루에 내놓고 아궁이에 장작을 피웠다.

'청이가 보면 많이 속상하겠구나.'

아버지가 눈이 안 보이는 것이 한스러운 아이였다. 지난 정월 대보름, 달집태우기 할 때도 청이는 무명 헝겊에 '아버지 눈 뜨게 해 주세요.'라고 썼다. 그때 청이는 나에게도 헝겊 쪼가리 하나를 건네주었다. 나는 딱히 쓸 게 없었다. 그래서 '심 봉사 눈 뜨게 해 주세요.'라고 써서 얼른 돌돌 말아 버렸다. 귀덕이도 뭘 썼는지 보여 주지 않았다. 소원을 쓴 헝겊은 달집 속에서 훨훨 타올라 달에게로 갔다.

"아버지가 눈만 뜨시면 새어머니를 모실 수도 있을 텐데……."

청이는 훤한 보름달을 향해 수없이 허리를 굽혔다. 그 옆에서 나도 잠깐 어미를 생각했다. 그놈의 팔자 한번 펴지면 안 되나, 악다구니만이라도 안 나오게. 그러면서 청이를 따라 절을 했다.

어미는 저녁 손님 들이닥칠 때까지도 오지 않았다. 무슨 일인지는 말도 안 하고 그저 내일 올게요, 하고 길을 나선 게 어제 이른 아침이었다. 할머니가 몇 번이나 물어도 대답하지 않았다.

"아니, 대체 하룻밤 묵으면서까지 다녀올 만한 데가 어디 있다고 여태 안 오는 거야?"

할머니는 손님 치르느라 정신없는 틈틈이 사립문 쪽을 흘깃거렸다. 나는 밥상과 술병 나르느라 저녁 내내 바빴다. 일이 다 끝나고, 묵어가는 손님들이 방에 다 들고 난 다음에야 어미가 휘적휘적 돌아왔다. 딱히 걱정한 건 아니지만 할머니가 자꾸 이상하다, 이상하다 하니 나도 공연히 마음이 쓰여 큰길까지 나가 어정거리던 참이었다. 나는 어미 모습이 보이자 마음이 훅 놓였다.

"마중 나온 거냐?"

"뭐, 할머니가 나가 보라 하셔서요. 일찍일찍이 다니지, 겁도 없이 밤길을 다닌대요?"

"흥, 내가 무서울 게 뭐 있니? 사람들이 나를 겁내지."

"아시긴 아시네요."

어미는 기운이 하나도 없어 보였다.

"어디 먼 데를 다녀왔나?"

어미는 할머니가 묻는 말에도 심드렁하게 얼버무리고는 방으로 들어가 버렸다.

다음 날, 늦도록 일어나지 않던 어미는 점심상에 나타나 술을 홀짝거렸다. 위태위태하더니 결국 주정을 부렸다.

"발길도 말라고 해서 그쪽 방향으로는 고개도 안 돌렸단 말이다."

평소 안 하던 말이었다. 할머니가 부엌 쪽으로 가다 멈칫하고는 몸을 돌렸다. 바짝 긴장한 표정이었다.

"어딜 갔더냐? 설마……."

"그래도 그 집 자식으로 사는 게 낫겠다 싶어 싹 잊고, 으흐흐, 안 낳은 걸로 치고, 내가 으흐흑!"

"거길 갔던 게야? 갑자기 왜?"

할머니가 캐묻자 어미는 아예 통곡을 했다. 나는 가슴이 쿵쾅거렸다.

"그냥 멀리서 한번 보기만 하려고 했는데 종일 기웃거려도 안 보이잖아요. 엉엉, 그 씹어 죽일 것들이 뺏을 때는 언제고 이제 와서 내쫓기는 왜? 왜?"

나는 단박에 얼어붙었다. 할머니가 어미에게 바짝 다가앉았다.

“내쫓다니, 그게 무슨⋯⋯.”

“제 발로 나갔다는데, 애가 왜 제 발로 나가요? 으흐흐흐!”

“저런, 어쩌나, 어쩌나. 그럼 애가 어디 있단 말이냐?”

“으흐흑, 벌써 이 년이 넘었다네요. 자기들 새끼 아니라며 억지 구박을 했겠지. 나한테도 그랬잖아요. 어차피 나는 그 집에 못 살 거, 애라도 번듯하게 살게 하려고 혼자 나왔는데⋯⋯. 으흐흐, 엄니, 알잖아요.”

어미는 평상에 엎어지다시피 하고 손으로는 바닥을 두드리며 울었다.

“암, 알다마다. 하이고, 얘야, 진정해라.”

나는 어찌할 바를 모르고 허둥댔다.

“제 아비 죽었다는 말 듣고도 혹시나 싶어 나는 얼씬도 안 했잖아요, 으흐흐. 니 새끼 니 데려가라 할까 봐서요. 첩년, 술집 년 아들 안 만들려고요, 으흐흐흑.”

“그래서 어쩌고 왔어?”

갑자기 어미가 울음을 싹 걷었다.

“어쩌긴요. 그냥 두었겠어요? 내가 누군데. 지들 말대로 행실 나쁜 년이잖아요. 그 잘난 년 머리채를 홱 거머잡고 마당에다 패대기쳤지요. 언제고 꼭 한번 그러고 싶었거든요. 내 새끼 내놓으라며 장독대도 그냥 작살을⋯⋯.”

“하이고⋯⋯.”

"잘난 애새끼가 나오길래 냉큼 등을 떠다밀어 마당에 엎어뜨렸더니 그 여편네, 게거품을 물더구먼."

할머니가 마당에 풀썩 주저앉았다.

"흥, 지 새끼 귀한 년이 남의 새끼는, 남의 새끼는 무슨, 낳아 달라 안달복달, 나한테 보약까지 먹여 가며 얻은 지들 자식을, 으흐흐흐!"

어미는 눈에 독기를 내뿜었다. 나는 차마 더 보지 못하고 내 방으로 들어갔다. 그래 봤자 어미가 패악 떠는 소리는 벽을 넘어 고스란히 들렸다.

"두고 봐라, 내 새끼 못 찾으면 그년 머리채가 남아나는가. 하이고, 복 없다 복 없다 해도 너무하잖아? 손도 못 대고, 보지도 못하고 아껴 놓은 새끼인데, 새끼까지 잃어버리면 나는 너무 억울하잖아, 으흐흐!"

어미는 짐승처럼 울었다. 어미에게 나는…… 내가 존재하고 있었나? 나는 방을 왔다 갔다 했다. 입술이 바짝바짝 말랐다. 어미는 이제껏 가만있다가 갑자기 거기를 왜 갔을까? 한 며칠 눈에 띄게 시무룩해 있긴 했다. 내가 일하는 걸 물끄러미 보고 있다가 시선을 돌리기도 했다. 기분이 좀 그런가 보다 할 정도지 심각한 것은 아니었다. 군소리를 덜 하니 좋다 싶었다. 그런데 왜? 이제야 내가 아들 또래라는 데에 생각이 미쳤던 것일까? 혹시 청이 때문에?

얼마 전에 청이가 국밥을 사러 왔었다. 청이 아버지가 지난번에 개울에 빠진 일로 고뿔이 들었을 때였다.

"입맛이 없으셔서 통 못 잡수시네요. 혹시 여기 국밥은 당겨 하실까 해서요."

청이는 아버지가 외출도 안 하고 이불 속에 누워 계신다며 눈물까지 글썽였다. 아버지가 앞이 안 보여 개울에 빠진 게 못내 가슴 아픈 모양이었다. 그때 어미는 입을 삐죽이면서도 넉넉히 퍼 주었다. 영감탱이, 눈이 멀어도 하나도 안 불쌍하네, 하며 돈도 사양하여 할머니가 어쩐 일이냐, 했다.

나는 고개를 흔들었다. 어미가 안 쓰던 인심을 쓰기는 했지만, 그런 청이야 수시로 보는 일이니 새삼스러울 거리는 아니었다. 어쨌든 그러고 나서 며칠간 시무룩하게 있다가 불쑥 나갔다 온 거였다.

간간이 할머니의 달래는 소리가 들리더니 어미의 울음소리도 차츰 잦아들었다. 밖으로 나오니 어미는 방에 들었는지 안 보이고 할머니가 이른 쑥을 다듬고 있었다.

"불쌍한 년……."

할머니가 한숨 섞어 중얼거렸다. 아직 저녁 손님이 오려면 시간이 좀 있었다. 나는 지게를 들고 밖으로 나왔다. 이제라도 마른 삭정이 한 짐은 긁어 올 수 있을 것이다. 심사 복잡할 땐 몸 놀려 일하는 게 최고다. 하지만 나는 반 짐도 못 채우고 돌아왔다. 마음이 가라앉지 않아 낫질을 할 수도 마른 잎을 긁어모을 수도 없었다. 할머니가 부엌과 마당을 오가는 동안 나는 국솥 아궁이에 불을 땠다.

이른 저녁에 한 무리의 장사꾼이 들이닥쳤다. 국밥에 술을 시키고 난 장사꾼들이 할머니에게 넌지시 말을 붙였다.

"혹시 이 동네에서 열대여섯 살 된 처녀 애 하나 살 수 없소? 돈은 얼마든지 줄 수 있는데……."

"처녀를 사다니, 그게 무슨 소리요?"

"아, 뭐 그럴 일이 있소. 혹시 큰돈이 필요한 집 있으면 소개해 주시오."

"흥, 어디 부잣집 영감 시중들 종을 사러 다니오? 아니면 애 못 낳아 안달복달하는 집 있소?"

"뭐, 그런…… 거지요. 혹시 누구 있소?"

"아이고, 그런 거 일없소. 아서요, 아서."

할머니가 손을 내저었다. 갑자기 방문이 벌컥 열렸다.

"뭐? 처녀 애를 사요?"

어미가 신도 꿰지 않고 평상으로 달려 나왔다.

"나가! 니들 처녀 장사해서 술 처마시냐? 사람 팔아서 밥 처먹냐? 밥 안 팔아! 나가!"

어미는 장사꾼들이 풀어 놓은 보따리를 닥치는 대로 집어 던졌다.

"뭐, 뭐야?"

난데없는 박대에 장사꾼들이 엉거주춤 자리에서 일어났다.

"하이고, 얘가 왜 이러냐?"

할머니가 말렸지만 어림도 없었다. 어미는 욕을 퍼부으며 평상에 앉은 장사꾼 등짝을 떠다밀었다. 패악을 부릴 때에 어미 힘은 장사였다. 장사꾼 하나가 어미를 떨쳐 내다가 무릎을 차이고는 비명을 질렀다.

"이거 미친년 아니야?"

한 사람이 주먹을 들고 달려드는 걸 내가 막아섰다. 장사꾼들은 슬금슬금 물러났다. 어미는 골목까지 뒤따라 나가 악다구니를 했다. 나는 어미를 붙잡았다.

"뭐 하자는 거예요?"

어미는 내 말에는 아랑곳없이 씩씩거리며 장사꾼 뒤를 노려보았다. 어미가 온몸에 힘을 뻗치며 버둥대는 바람에 나는 양팔로 어미를 꽉 끌어안다시피 하고 집 안으로 끌고 왔다.

"저런 놈들이 골 빈 아비들을 꼬드겨 딸들을 팔아넘긴단 말이다."

할머니가 군말 없이 평상을 치웠다.

"무슨 일이세요?"

청이였다. 나는 민망해서 어미를 끌어안고 있던 팔을 풀었다.

"흥, 처녀 애를 산다고? 사 오라는 놈이나, 사러 다니는 놈이나. 참 돈 많아서 좋겠네."

어미는 침을 퉤 뱉고는 방으로 들어갔다. 쾅, 문 닫는 소리에 내가 눈살을 찡그리는데 청이가 들고 온 옷 보따리를 할머니에게 건네주고는 황급히 돌아 나갔다.

144

"청아, 돈 받아 가야지."

"나중에 주세요."

나는 어리둥절했다.

"하필 오늘 저런 장사꾼들이 올 게 뭐냐?"

할머니가 한숨을 푹 쉬고는 눈으로 나를 불렀다.

"신경 쓰지 마라. 지가 소싯적에 팔려 갔다고 저러잖니?"

"예에."

할머니가 어미 방을 흘금거리며 소곤소곤 말했다.

"집 나갔다는 아들이 배를 타는 것 같다고 하더라. 동네방네 소리를 지르고 악을 쓰니까 누가 넌지시 알려 주더라네. 지 동생하고 동무인데 같이 배 탄다고. 한 번 몰래 왔더라고. 저것이 그 집에서 하루 묵고 왔단다."

깡치 누나! 나는 뜨끔했다. 다행히 누나가 동생 이름은 들먹이지 않은 모양이었다.

"그, 그래서 찾아 나설 거래요?"

"글쎄, 그런 말은 안 하던데, 모르지. 그래도 그 말에 조금은 마음이 놓여 돌아왔단다. 아니면 몇 날 며칠 붙어서 그 집을 요절내려 했다면서 말이다. 하기야 심사 뒤틀리면 그러고도 남을 년이지."

내가 뺑덕이라고 하면 어미는 어떻게 나올까? 나한테 흉한 꼴 다 내보인 어미인데…… 그보다 깡치 누나를 만나 그런저런 이야기를 다 듣고도 저렇게 눈치가 없으면서 무슨 어미라고. 말로만 악다구니지.

저녁 손님 몇 치르는 동안 어미는 고개도 안 내밀었다. 할머니는 모른 척했다.

"강재야, 한 며칠 저년 비위 거스르지 마라."

공양미 삼백 석

청이가 또 개울에서 빨래하는 걸 봤다. 봄이라고는 해도 아직 손이 시릴 텐데 며칠째 계속 이불이며 옷가지들을 다 내다 빠는 모양이었다. 오늘은 이불 홑청을 삶아 왔는지 멀리서 보기에도 넓고 하얀 게 눈이 부셨다. 나는 지게를 내려놓고 개울가로 내려갔다.

"한꺼번에 웬 빨래를 그렇게 하니? 초시 댁에도 안 가고."

"봄맞이 빨래하는 거야."

청이는 돌아보며 웃었다. 하긴 전에 보니 심 봉사 댁은 이불도 하나같이 칼칼하게 손질되어 있었다. 나는 지게를 내려놓고 개울 물에서 이불 건져 올리는 걸 도와주었다. 청이와 같이 홑청을 잡고 비틀어 짰다.

"청아!"

귀덕이가 숨을 헐떡이며 뛰어왔다. 귀덕이는 저답지 않게 얼굴이 붉으락푸르락하며 청이 어깨를 잡아챘다.

"너!"

"왜 그래?"

청이가 어깨를 뺐고, 나는 눈까지 부라린 귀덕이의 거친 행동에 어리둥절했다.

"너 뱃사람들한테…… 저, 정말이냐? 아니지?"

나는 무슨 소린가 싶어 귀덕이와 청이를 번갈아 보았다. 청이는 먼 하늘 쪽으로 고개를 돌렸다. 귀덕이는 청이 어깨를 잡고 마구 흔들었다.

"정말이냐고! 아니라고 해!"

나는 귀덕이의 손을 거칠게 떼어 냈다.

"무슨 소리야? 왜 그래?"

"뱃사람들이, 처녀를 사러 다니던 뱃사람들이 우리 동네 처녀를 샀다는데, 사람들이 청이 같다고 하잖아! 청아! 말해 봐! 아니지?"

처녀를 샀다고? 혹시 지난번 주막에 왔던 그 장사꾼들이 뱃사람들이었나?

"설마…… 그런 거야?"

내 말에 청이가 고개를 떨어뜨렸다.

"그래, 맞아. 나야."

"뱃사람들이 너를 왜 사려고 했는지 알고나 그런 거야?"

귀덕이는 얼굴이 벌겋게 되어 소리를 질렀다. 펄쩍펄쩍 뛰기까지 하며 제정신이 아니었다. 뱃사람, 처녀! 머리를 휙 스치는 게 있었다. 값비싼 물건을 싣고 멀리 장사하러 다니는 큰 배들은 가끔 바다에 어린 처녀를 제물로 바치는 일이 있다고 했다. 주둥이 아저씨는 그게 뱃길에서 만나는 회오리 파도를 무사히 피해 가기 위해서라고 했다. 성질난 바다 용을 처녀 제물로 달랜다는 것이었다. 그럼 그 뱃사람들이 제물을 사러 다녔다는 말인가? 부잣집 종이나 씨받이가 아니고? 그날 청이가 보따리를 내동댕이치다시피 하고 부리나케 뛰어나갔던 게 생각났다. 이번엔 귀덕이 대신 내가 청이 어깨를 잡았다.

"청아, 왜? 왜 네가? 아니, 대체 그렇게 큰돈이 왜 필요한데?"

"그럼 어떡해? 아버지가 공양미 삼백 석을 시주하겠다고 약속했다는데, 스님이 반드시 눈을 뜰 수 있다고 했다는데……. 그 큰돈을 어디서 구해?"

청이는 더듬더듬 말을 쏟았다. 개울에 빠졌다며 아랫도리에서 물을 줄줄 흘리던 심 봉사가 생각났다. 심 봉사를 부축해 오던 사람이 스님이었다. 그러니까 지난번 그 눈이 부리부리하던 스님이 그랬단 말이지?

나는 기가 막혀 말이 안 나왔다. 그날 그 스님이, 봉은사인가 어딘가 하는 절의 땡중이 공양미 삼백 석을 시주하고 불공을 드리면 눈을 뜰 수 있다고 해서 심 봉사가 얼결에 좋아하며 불전 장부에 이름을 올리고 약속을 했다는 것이다. 심지어 그 스님은 부처님의 가호로 심 봉사가 물에 빠져서 자신을 만나게 되었다고 했단다. 나중에 정신을 차린 심 봉사는 무슨 수로 공양미 삼백 석을 마련하느냐고, 태산 같은 걱정에 먹지도 자지도 못한다는 것이다. 나는 어이가 없어 소리를 질렀다.

"이런 죽일 땡중이…… 그걸 말이라고! 청아, 그 말을 믿니?"

"믿고 싶어. 불전에 이미 약속도 하셨고."

귀덕이가 펄쩍 뛰었다.

"이 멍청아, 정신 차려. 너는 바다에 빠져 죽는 거야! 고기밥이 되는 거라고!"

"오래전부터 바다 꿈을 꾸었어. 어머니를 보았어. 바다는…… 어쩌면 바닷속에 계신 어머니가 아버지 눈을 뜨게 하실 것 같아."

"청아! 이건 꿈이 아니야!"

도대체 이 아이는 아버지 일이라면 왜 이리 앞뒤를 못 가리나? 청이가 빨래 통을 들고 일어섰다.

"너희들은 몰라. 그러니 아무 말 하지 마."

청이는 냉랭하게 말하고는 홱 돌아서 갔다. 귀덕이와 나는 몇 걸음 따라가며 뭐라고 하다가 멈췄다. 청이가 온몸으로 벽을 세우는 게 느껴졌기 때문이다. 우리는 잠시 청이의 뒷모습을 보고 있다가 하릴없이 돌아섰다. 귀덕이는 나를 따라 주막까지 왔다.

어미는 입에 거품을 물었다.

"그놈들이 무슨 사달을 낼 줄 알았다. 아비들은 어째 딸 팔아먹는 걸 눈도 깜짝 안 하고 해치울 수가 있냐? 그 영감, 눈만 먼 게 아니라 양심도 멀었네. 저한테 어떻게 해 준 딸인데 그 딸을 제 눈 뜨겠다고 바다에 처넣어?"

어미는 평상을 두드려 가며 열을 내다가 숨을 몰아쉬었다. 갑자기 청이가 들어왔다. 빨래 통을 머리에 인 채였다.

"집에 가다 말고 왜……."

귀덕이가 얼른 빨래 통을 내려 받았다. 어미는 벌떡 일어나 흥분했다.

"청아, 네 아비도 별수 없네. 그렇게 삼시 세끼, 따뜻한 밥 해 먹이고 하얗게 옷 빨아 입혀 봤자 결국 너를 팔아 눈 뜨겠다는 것 아니냐. 참, 니 아비나 내 아비나. 청아, 그러지 마라. 눈을 뜨긴 개뿔이나 뜨겠다. 어느 부처가 제 딸 팔아먹은 놈한테 눈을 주랴?"

청이가 귀덕이와 나를 흘깃 보았다. 그새 말했느냐는 원망의 눈빛이었다. 아마 우리를 입막음하려고 돌아온 모양이었다. 귀덕이는 시선을 피했지만 나는 '그게 뭐?'라는 눈빛으로 마주 보았다. 청이가 고개를 돌렸다.

"아주머니, 부탁이 있어요. 제발 우리 아버지 귀에 이 말이 들어가지 않게 해 주세요. 들으면 못 가게 하실 거예요."

"그래, 가지 마. 도로 물러."

"이미 뱃사람들이 봉은사에 시주했을 거예요. 늦었어요. 그리고…… 온전히 믿는 건 아니지만 그래도 믿어 보려고요. 이번엔 아버지가 꼭 눈을 뜨실 것 같아요."

"기가 막힌다. 못 뜨면? 너는 죽고 아버지도 눈을 못 뜨면? 내 꼬라지 봐라. 내 신세만 이리되고 아비도 오라비도 제대로 살지 못했잖아. 나 팔아서라도 잘살았으면 내가 이렇게 억울하기나 했겠니? 청아, 마음 바꿔라."

"그냥, 제발 부탁이니 아버지가 모르게 해 주세요. 떠나는 날 말씀드릴 거예요."

"하이고오, 효녀 났네, 효녀 났어."

어미는 돌아앉았다. 청이는 허리를 굽히고 돌아섰다. 나는 청이를 따라 나섰다. 귀덕이가 빨래 통을 잡았다. 청이가 안 주려고 당기는 걸 귀덕이가 기어이 뺏어 들었다. 청이는 걸음을 빨리했다. 우리와 말하고 싶지 않다는 몸짓이었다. 나는 바싹 붙어 서서 따지듯 물었다.

"너는 참…… 네 아버지가 눈을 떠도 그렇지, 너를 팔아 눈을 뜨면 좋아하시겠니?"

"아버지가 정말로 눈을 떠서 밝은 세상 보며 새어머니도 만나 사셨으면 좋겠어. 늘 빌었어. 보름달에도 빌고 바위에도 빌었어. 꽃한테도 빌고 나비한테도 빌었어. 오랫동안 빌고 또 빌다가 기회가 온 거야. 아버지 눈 뜨실 거야."

"기회 아니야. 아버지 눈도 못 뜨고 너도 죽을 거란 말이야."

"반대로 아버지도 눈을 뜨고 나도 살지 모르잖아."

"뭐?"

"그럴지도 모르는데 기회를 놓치는 거면 어떻게 해?"

나는 소리를 꽥 질렀다.

"청아! 말이 되는 소리를 해라. 폭풍우 한복판에서 바다에 던져지는 거라고! 네가 폭풍우를 알아? 사람 하나쯤이야 한입에 꿀떡 삼키는 거라고!"

"세상엔 말이 안 되는 거 많아. 멀쩡히 잘 보던 우리 아버지가 갑자기 눈이 먼 것은 말이 되니? 나를 낳고 까닭 없이 어머니가 돌아가신 것은 말이 되니?"

"그거하고 어떻게 비교를 해? 청아, 다시 생각해."

귀덕이는 어느새 달래는 말투가 되었다. 청이는 아랑곳하지 않았다.

"그럼 어머니가 나하고 늘 이야기 나누는 것은 어떻게 생각해?"

"그게 무슨 소리야? 넌 네 어머니 본 적도 없잖아."

"아니, 늘 함께해. 꿈속에서 어머니는 언제나 물결이 일렁이는 속에 계셨어. 나와 정답게 이야기 많이 해."

나는 눈을 동그랗게 뜨고 물었다.

"물결이 일렁이는 곳?"

나도 꿈에서 그 장면을 본 적이 있다.

"그래, 바다 같아. 난 늘 거기서 어머니와 만나. 이번엔 어머니가 기회를 주시는 것 같아. 아버지 눈, 뜨실 거야, 꼭."

"이제 꿈 타령까지 하는 거니? 넌 아버지한테 보답해야 한다는 생각에만 사로잡혀 있어. 하지만 이건 옳은 보답이 아니야."

귀덕이는 거의 사색이 되었다.

"보답 같은 거 아니야. 다만 아버지를 사랑할 뿐이야. 아버지가 얼결에 한 시주 약속, 얼마나 눈을 뜨고 싶으면 그러셨겠어? 그리고 기회가 온 거야. 오래전부터 어머니가 내게 보여 준 기회야. 이제 둘 다 그만해."

말도 안 되는 소리였지만 더 이상 얘기해 봐야 소용없었다. 나는 걸음을 멈추었다. 귀덕이는 빨래 통을 들고 청이를 따라갔다. 그래 봐야 아까처럼 소용이 없을 테지만, 귀덕이는 내내 청이를 잡고 사정할 것이다. 그것도 딱 문 앞까지. 더 이상은 아버지 눈치챈다고 청이가 매정하게 내몰겠지.

나는 하도 기가 차고 어이없는 일이라 달리 생각해 볼 여지가 없었다. 이제 열여섯 살인 여자애가 산 채로 바다에 빠진단다. 그러면 아버지 눈이 뜨일 거라고 믿는단다. 아버지가 어떻게 저를 길렀으면 그딴 걸 믿고, 또 죽는 걸 두려워하지 않나? 그래서 죽어라고 이불 빨래를 해 댔구나. 옷도 있는 대로 꺼내서 빨고. 그런데 물결이 일렁이는 바닷속에서 엄마를 만난다는 건 무슨 소리일까? 청이는 자기가 죽는다고 생각하는 것 같지가 않다. 나는 밤새도록 뒤

154

척였다.

나는 새벽같이 일어나 귀덕이를 찾았다.

"봉은사가 어디야? 앞장서."

"어쩌려고?"

"그 땡중 자식을 그냥 둬? 청이를 죽게 버려둘 거야?"

귀덕이는 허겁지겁 따라나섰다.

큰 산 하나 너머에 있는 봉은사에 도착하니 텅 빈 마당에 목탁 소리가 울려 퍼지고 있었다. 나는 소리를 따라 불당으로 갔다. 똑, 또르르르. 불당에는 젊은 스님 하나가 목탁을 치며 경을 읽고 있었다. 승려들이 거처하는 요사채를 뒤졌다. 신이 놓여 있는 방 하나가 있어 문을 열어젖혔더니 스님이 붓을 들고 있었다. 전에 본 그 스님이 하얀 종이에 그림을 그리는 중이었다.

"참 태평도 하시네요."

스님이 고개를 들고 무표정하게 나를 올려다보았다. 눈도 깜짝하지 않는 모습에 기가 막혔다.

"이 절이 그렇게 영험한 절인가요?"

"무슨 말씀이신지?"

스님은 붓을 놓으며 되물었다. 천연덕스럽기 그지없었다. 나는 속에서 열이 확 오르는 걸 목구멍 아래에 겨우 눌렀다.

"뭐, 봉사 눈도 뜨게 해 준다는 절이라 해서요."

"······."

"공양미 삼백 석만 갖다 바치면 정말 눈을 뜨게 해 주나요?"

"그야 부처님이 하시는 일이지요. 내가 하는 일이 아니고."

"그러니까 나는 모른다, 삼백 석 쌀만 땡중인 내가 먹겠다, 그 말인가요?"

스님은 땡중이란 말에 잠시 눈살을 찌푸렸다.

"그따위 허황된 약속 취소하고 쌀 돌려주시죠."

"취소는 약속한 사람이 하는 거지요. 내가 하는 게 아니고."

이 땡중은 뭐든 자기가 하는 게 아니란다. 울화통이 목구멍을 비집고 올라왔다.

"중 옷 입고 다니면서 불쌍한 봉사는 왜 꼬드겨요? 그 착한 딸이 쌀 구하겠다고 몸을 팔도록 하는 게 중이 할 일이요? 산 사람 고기밥 만드는 일이?"

"약속도 그쪽에서 한 일, 지키는 것도 그쪽에서 할 일."

땡중은 합장을 했다. 뭐야? 자기가 알 바 아니니 그만 가라는 뜻? 나는 신도 벗지 않은 채 들어가 중의 멱살을 움켜잡았다.

"가, 강재야."

귀덕이가 달려와 나를 말렸다. 나는 한 손으로 귀덕이를 밀쳐냈다.

"그러니까, 몸을 팔든 고기밥이 되든 상관할 바 아니다 이거지? 그 어마어마한 쌀만 챙기면 된다 이거지?"

"불뚝 성질 한번 대단하군."

땡중은 화도 내지 않고 유유했다. 이런 뻔뻔한 중이 있나? 나는 분통이 터져 그를 일으켜 세웠다.

"참 장사 잘하네. 물에 빠진 봉사 상대로 요상한 혀 한번 잘 놀려 단박에 삼백 석이라. 처녀 장사꾼보다 한 수 위네."

중이 빙긋 웃었다. 웃어? 나는 주먹을 날렸다. 땡중은 그대로 바닥에 넘어졌다. 몸을 일으키는 땡중 입가에 여전히 엷은 미소가 어렸다. 열이 확 올랐다. 반쯤 일어선 땡중에게 한 방 더 먹였다. 땡중은 코피를 흘리며 다시 일어났다. 나는 멱살을 잡아끌었다.

"자, 가자고! 가서 사기라고 말해! 눈 뜨는 건 모르는 일이라고 청이한테 말하란 말이야, 애먼 애 죽이지 말고!"

중은 다리에 힘을 주고 버텼다.

"눈을 뜰지 못 뜰지는 불공드리는 사람 몫이라오."

이 와중에도 땡중은 느긋하게 대답했다.

"뜰지 못 뜰지? 그것도 알 바 아니다 이거지? 뭐 이런 개뼈다귀 가 다 있어?"

나는 중의 멱살을 쑥 끌어 올렸다가 그대로 바닥에 내동댕이쳤다. 젊은 스님이 나타나 달려들었다.

"스님, 이게 무슨 일입니까?"

"생각은 없고 주먹만 있는 중생이라네, 허허."

입술이 터진 땡중은 소리 내어 웃기까지 했다. 젊은 스님이 중을 부축해 나가려 했다. 나는 땡중을 낚아챘다.

"어딜 가? 나랑 가야지."

젊은 스님이 가로막았다. 나는 젊은 스님을 힘껏 밀쳤다. 문밖으로 넘어진 젊은 스님은 손바닥에 생채기가 나서 일어났다. 땡중이 태연히 말했다.

"그 처녀에게 가서 취소하려면 취소하라고 하시오. 나야 쌀이 왔으니 불공을 드릴 것이고 도로 가져가면 안 드리면 그만이지요."

"가자니까! 가서 사기라고 말하라니까!"

다른 스님들까지 우르르 나와 나를 막아섰다.

"마음의 힘을 어찌 주먹과 비하리오. 지성이면 눈인들 못 뜨며 산인들 못 움직일까?"

땡중은 아까 그리고 있던 종이를 들어 나에게 안겨 주었다.

"그 처녀에게 전해 주시오."

나는 다른 스님들에게 둘러싸여 나가는 땡중을 뒤쫓아 가며 소리를 질렀다.

"야, 이 사기꾼 땡중아!"

스님들 여럿이 나를 막아섰다. 땡중은 돌아보며 한마디 더 했다.

"꼭 전해 줘야 하오, 허허허."

나는 속이 뒤틀렸지만 더 어찌할 수가 없었다. 스님들 모두한테 주먹질을 할 수는 없었다.

"뭐 저런 게 스님이라고! 야! 이 땡중아! 너네 부처는 사람 죽여 시주받냐?"

나는 분통이 터져 고래고래 고함을 질렀다. 내 고함 소리는 하릴없이 공중으로 사라지고 스님들은 발소리조차 내지 않고 대웅전 뒤로 돌아갔다. 절간을 감도는 고요한 기운에 나는 맥이 탁 풀렸다. 반쯤 얼이 빠진 귀덕이가 나무라듯 중얼거렸다.

"사정을 해도 될까 말까 한 걸 그렇게 달려들면 어떡해?"

"그 땡중 말하는 꼬락서니 봤잖아. 사정한다고 들을 것 같아?"

나는 변명 삼아 말했지만 잘한 것 같지 않아 이내 풀이 죽었다. 문득 발 앞에 떨어져 있는 종이가 보였다. 집어 올리니 땡중이 그린 건 커다란 연꽃이었다. 확 찢어 던지려다가 선뜻 그러지 못했다. 땡중은 얄밉기 짝이 없었지만 그림은 어쩐지 묘한 분위기를 내뿜었다. 이게 뭐 하는 짓인가 싶었지만 나는 귀덕이에게 종이를 넘겨주었다. 귀덕이는 어찌할 바 모르고 잠시 들고 있다가 접어서 품에 넣었다.

"청이 어쩌냐?"

귀덕이는 기가 푹 죽어서 터덜터덜 앞장서 걸었다.

"귀덕아, 그 중이 취소하려면 하라고 했지?"

"그래, 하지만 청이가 고집을 꺾지 않으면 방법이 없어."

스님을 만난다고 해결되리라 기대한 건 아니었지만 막막하고 갑갑했다.

"쌀 가져가도 된대. 도로 물러."

심 봉사를 피해 집 밖으로 나온 청이는 고개를 저었다. 귀덕이가 울음 반 나무람 반으로 청이를 다그쳤다.

"그 스님 엉터리야. 눈을 뜰지 못 뜰지 자기도 모른다고 했다니까. 그게 말이 돼?"

"뭐?"

청이 눈빛이 흔들렸다.

"기도하기 나름이라나 뭐라나. 정말 어이없었다고."

내가 말을 보탰다.

"맞아, 그 땡중 사기꾼이야. 부처님께 바친 쌀이니 자기는 상관할 바 아니래. 그 쌀, 부처님이 먹냐? 자기가 먹지."

"……."

청이는 한참 동안 땅만 보고 있었다.

"청아, 그러니까 얼른 물러."

귀덕이는 당장에라도 뱃사람 만나러 가자며 청이를 끌었다. 청이는 잡힌 팔을 뺐다. 잠시 굳었던 표정도 어느새 풀어져 있었다. 뭐야, 다시 저 표정은. 나는 긴장했다. 청이가 희미하게 웃으며 고개를 흔들었다.

"뱃사람들 어디 있는지 몰라. 보름날 아침 일찍 데리러 올 거라고만 했어. 알아도 안 가."

160

나는 화를 벌컥 냈다.

"왜? 아직도 그 땡중 말을 믿어?"

"기도하기 나름이라는 거 믿거든. 이번 일도 기도야. 아버지 눈 뜨실 거야."

"아니야. 땡중도 취소하고 싶으면 그러라고 했어."

"너희들은 몰라. 눈먼 아버지를 보는 마음이 어떤지."

"그래도 이건 아니야!"

내가 소리를 버럭 지르자 청이가 얼른 내 입을 막으며 집 안을 살폈다. 행여 심 봉사가 듣기라도 할까 봐 노심초사하는 것이었다. 기가 막혔다.

"제발 그러지 마. 사실은 나도 무서워. 곧 아버지께 말씀도 드려야 하는데."

귀덕이가 울상이 되었다.

"그러니까, 청아!"

귀덕이가 간청하듯 청이 손을 잡았다. 나는 갑갑한 마음에 집 앞 길을 왔다 갔다 하며 중얼거렸다.

"도대체 뱃사람들은 어디에 있는 거야?"

이미 쌀까지 넘겨준 마당에 순순히 물러 주지 않을 것은 뻔했지만 청이가 안 가겠다고 하면 온 동네 사람들이 나서서라도 막을 수는 있을 것이다. 그래, 뱃사람들이 오기만 해 봐라.

"청아."

안에서 심 봉사 목소리가 들렸다. 청이가 얼른 가라는 손짓을 했다. 그냥 돌아갈 수밖에 없었다. 귀덕이가 내 눈치를 보면서 저고리 앞섶을 만졌다. 나는 고개를 돌렸다. 귀덕이는 땡중이 준 종이를 꺼내 청이에게 건네주었다. 내가 비꼬듯 내뱉었다.

"쌀 삼백 석짜리 그림이다."

청이는 그림을 펴 보더니 눈을 동그랗게 떴다. 그러고선 마치 영험한 부적이라도 받은 것처럼 환하게 웃으며 중얼거렸다.

"연꽃 가마……."

"가마라니?"

"그런 게 있어. 너희들, 우리 아버지 눈 뜨실 때까지 한 번씩 들여다봐 줘. 잘 부탁해."

한술 더 떠 청이가 아버지를 부탁하는 모습이 가관이었다. 잠시 어딜 다니러 갈 때와 같은 말투였다. 우리는 청이가 집 안으로 들어가고도 한참 동안 골목을 떠나지 못했다.

땡중

집에 오니 어미와 할머니가 분주하게 일하고 있었다.

"아침 내내 어딜 갔다 오니?"

"지가 갈 데가 어디 있다고 쏘다닌대? 밥값도 안 하고."

둘이서 한마디씩 하는 걸 모르는 척하고 나는 아궁이 앞에 가서 앉았다. 발갛게 잘 타고 있는 장작을 건드렸더니 불티가 이리저리 튀었다. 청이는 정말 아버지가 눈을 뜨리라고 믿는 모양이다. 정말 그럴까? 시주하는 사람의 마음이 주먹을 이긴다던 땡중의 말이 떠올랐다. 청이는 이번 일도 기도라고 했다. 하지만…… 아무리 그렇다 해도 어떻게 자기 목숨을 팔 수가 있어? 혼자 생각에 잠겨 있는데 어미가 장작 두 개를 더 갖다 넣으며 옆에 앉더니 말을 걸어왔다.

"배 타는 거 할 만해? 너같이 어린 녀석이……."

어리다는 말이 마뜩잖아 대답을 늦추고 있는데 어미가 덧붙였다.

"네 동무가 죽었다며."

나는 어미를 슬쩍 보았다. 어미는 내 눈을 피했다. 무슨 생각으로 이런 걸 묻는 거지?

"그거야…… 어쩌다 있는 사고지요."

"네가 배 타던 데는 어디니? 혹시 거기에……."

어미는 말끝을 흐렸다. 나는 긴장했다. 나야말로 혹시, 하는 마음이었다.

"혹시, 아들…… 때문에 그러세요?"

"……."

어미는 입을 달싹이다가 말았다. 아무 말이든 되는대로 내뱉던 어미였다. 이렇게 말을 주저하고 뜸 들이는 사람이 아니었다.

"수소문해서 찾아가 보지 그러세요."

"글쎄…… 동무 누나도 모른다던데, 뭐."

"알면 찾아가실 거예요?"

"……."

어미가 입을 삐죽삐죽했다. 설마 울기라도 할 건가 싶어 놀라고 있는데 어미는 이내 입을 꾹 다물었다. 뻐드렁니 때문에 억지로 닫힌 입이 순하고 가엾어 보이는 건 처음이었다.

"그러게…… 진작 찾지 그러셨어요."

"너라면 나 같은 년이 어미라고 찾아오면 좋겠니?"

나는 어미를 돌아보았다. 아궁이를 들여다보고 있는 옆얼굴은 심술궂지도 거칠지도 않았다. 그저 풀 죽은 여자의 모습이었다. 나는 마음이 묘해져서 일부러 퉁명스럽게 말했다.

"흥, 그러게 왜 이런 어미가 됐어요? 아들도 못 찾아가도록."

"왜 이렇게 됐느냐고?"

어미는 나를 노려보았다. 조금 전의 순하고 풀 죽은 모습은 순식간에 사라지고 없었다.

"지 알아서 잘 타고 있는 장작 앞에는 뭐하러 붙어 있어? 얼른 물독이나 채워."

어미는 버럭 성질을 냈다. 나는 내가 좀 심했다 싶어 군소리 없이 일어나 물지게를 지고 나섰다. 곧 저녁 준비할 시간이라 우물가에 사람들이 많았다. 나는 물지게를 내려놓고 어슬렁거렸다.

어미가 가막동으로 찾아왔으면 나는 좋아했을까? 어미가 그 집을 떠나 여기 주막에 와서 같이 살자고 했으면 그렇게 했을까? 아버지가 죽고 나서도 그 집에 붙어 있으려고 몹시 애를 쓴 나였다. 그 집에서 떨어져 나가는 것이 무섭고 두려웠다. 행실 나쁜 어미 따위 부인하고 또 부인했다. 동네 아이들까지 네 어미, 네 어미 하는 통에 울화가 쌓이고 주먹질만 늘었다. 기억도 나지 않는 어미를 저주했다.

우물에 두 번 왔다 갔다 해서 물독을 채우고는 다시 아궁이 앞에 앉았다. 국은 끓을 만큼 끓었고 장작불도 사위어 가고 있었다. 이제 잔불을 잘 유지해서 국이 식지 않도록만 하면 되었다. 어미와 할머니가 분주하게 움직이는 소리가 들렸지만 모르는 척했다.

"어서 오세요."

뒤에서 어미의 목소리가 높게 울렸다. 첫 손님이 빠르군. 게다가 제법 여럿 같은데. 어미 입이 벌어지겠네. 나는 돌아보지도 않고 아무 말이나 속으로 지껄이며 멍하니 아궁이 불을 바라보았다. 잔불이 빨갛게 빛을 내며 장작 토막을 핥고 있었다. "사실은 나도 무서워." 청이의 말이 떠올라 다 타 가는 장작을 들쑤셨다. 배를 떠받혀 올리던 거대한 파도가 생각났다. 무서워. 하늘로 치솟던 배, 배 안으로 덮치던 물 덩어리. 아, 깡치! 나는 몸서리를 치며 부지깽이를 땅바닥에 대고 세게 눌렀다. 부지깽이가 툭 부러졌다.

"강재야!"

나는 퍼뜩 정신이 들어 몸을 펴고 돌아보았다. 포졸 옷을 입은 남자 둘 양쪽으로 어리둥절한 어미와 할머니가 서 있었다. 수염이 듬성듬성한 남자가 거칠게 물었다.

"너냐? 봉은사 스님을 폭행한 놈이?"

"예?"

"강재야, 주먹질을 했니? 그것도 스님한테?"

할머니가 내 팔을 잡으며 울상이 되었다. 포졸 둘이 할머니를 떼어 내고 내 양팔을 붙잡았다. 이게 무슨 날벼락이야? 나는 팔을 홱

166

뿌리쳤다. 얼결에 내 팔을 놓친 포졸은 얼른 다시 잡아챘다.

"뭐예요? 그 땡중이 나 잡아 오래요?"

"말하는 꼬락서니 보니 스님 말이 틀림없구먼. 가자! 절에서 너를 발고했다."

"발고라니요? 뻔뻔하게 누가 누구를 발고해요?"

나는 헛웃음이 나왔다. 이거 땡중 중에서도 완전히 상땡중 아니야? 나는 성큼 앞장섰다.

"잘됐네. 갑시다. 나야말로 발고할 게 있다고요."

"하이고, 강재야. 스님을 치다니 그게 무슨 소리냐? 그러게 주먹질 함부로 하면 인생 망친다고 했잖니?"

할머니가 아이고, 아이고 하며 발을 동동 굴렀다.

"괜찮아요, 할머니. 저 잘못한 거 없어요."

포졸한테 끌려가면서 흘깃 보니 어미가 미간을 잔뜩 찌푸린 채 나를 보고 있었다. 한심하다는 뜻이겠지, 잘 알지도 못하면서. 언제는 주먹질이 마음에 든다더니. 나는 관가에 할 말이 있어서 가는 것처럼 당당하게 걸었다. 잘됐다 싶었다. 그 땡중이 제가 한 짓거리를 알릴 좋은 기회를 나에게 준 셈이었다. 나는 어디 두고 보자 하며 관가로 갔다.

나는 곧바로 짚이 수북이 깔린 옥에 갇혔다. 날이 어두워지도록 때렸느냐 안 때렸느냐, 심문도 없었다. 할 말도 못 하고 밤을 꼬박 새우자니 울화가 끓었다. 어쩔 수 없이 참으며 기다렸는데 다음 날이 되어도 마찬가지였다. 고래고래 소리를 지르다가 지쳐서 엎어져 있는데 문득 기척이 났다. 후다닥 고개를 들어 보니 뜻밖에 어미였다. 반가웠다. 그래도 한솥밥 먹는 사이라고 찾아와 주다니 영 인정머리 없지는 않구나 싶어 기분이 좋았다. 하지만 나는 뚱한 척 흘깃 보고는 고개를 돌렸다.

"웬일이세요?"

"실컷 때리기만 하고 맞지는 않았나 보네."

기껏 와서 말하는 본새는. 나는 콧방귀를 뀌었다.

"쳇, 내가 맞았으면 그 중이 고소했겠어요?"

"버르장머리하고는."

어미는 보따리를 풀었다. 국밥이었다. 주막에서처럼 뜨거운 김이 나지는 않았지만 어제 오늘 주먹밥만 먹다가 국밥을 보니 배가 와락 고팠다. 나는 허겁지겁 숟가락질을 했다. 반 이상 먹고 나서야 인사를 차렸다.

"고마워요."

"화가 잔뜩 났으니 배도 더 고플 거 아니냐?"

나는 히죽 웃었다. 어미도 픽 웃었다.

"전에 나 업고 의원한테 다녀와 준 빚 갚는 거다."

나는 '겨우 이걸로?' 하려다가 먼 데까지 뜨거운 국을 퍼서 들고 와 준 게 어딘가 싶어 그만두었다.

"그런데 너, 쌀 시주받은 중놈을 패 줬다며? 잘했다. 반 죽여 놓지 그랬냐?"

"엎어치고 메치고 코피까지 터뜨려 주었어요. 젊은 중들이 우르르 몰려오는 바람에 다리는 못 분질렀지만. 아주 뻔뻔한 사기꾼이더라니까요."

"나오거든 한 번 더 패 줘라."

"아우, 정말 나가야 되는데 가둬만 놓고 도대체 아무도 얼씬거리지를 않아요."

저녁때가 지나고 그 이튿날이 되어도 아무런 심문이 없었다. 그저 때 되면 주먹밥 하나 던져 줄 뿐이었다. 가끔 근처를 얼쩡거리는 포졸한테 소리 질러 물어보아도 아직 떨어진 명이 없다는 대답뿐이었다. 갑갑해서 속이 터질 지경이었다. 내일이면 청이가 가는 날인데 속수무책으로 잡혀 있자니 초조하기 짝이 없었다.

저녁밥 주러 온 포졸에게 물었다.

"이러고 가둬 놓기만 할 거예요?"

"왜, 매라도 맞고 싶으냐? 하긴 너같이 주먹질하고 들어온 놈한테 아직 곤장 치라는 말이 없는 게 이상하긴 하다."

"아니, 내가 할 말이 있단 말이에요. 그 사기꾼 땡중이……."

"닥쳐, 이놈아. 스님한테 손을 댄 놈이 무슨 할 말이 있냐? 너 같은 놈 말까지 들어 줄 만큼 내가 한가하진 못하다."

말꼬리를 잘린 나는 포졸 등 뒤에 대고 고래고래 소리를 질렀다.

"보내 줘요! 차라리 곤장 치고 내보내 주세요!"

나는 분통이 터져 돌아 버릴 것 같았다. 밤새 옥 근처에는 포졸 하나 얼쩡거리지 않았다. 아무리 소리 지르고 욕을 퍼부어도 도무지 달려와 꾸짖는 사람 한 명 없었다.

다음 날 아침, 주먹밥 주러 온 포졸은 옥 밖으로 머리를 쑥 내밀고 당장 나가겠다며 방방 뛰는 나에게 꿀밤을 먹였다.

"공연히 힘 빼지 마라. 주먹 쓰다 잡혀 온 놈이."

"언제까지 여기 있어야 해요?"

"글쎄, 나는 모르지. 스님이 한 사나흘 그냥 가둬 두기만 하면 반성할 거라고 하셨다는데, 치료비 받아 달란 말 없는 걸 다행으로 여겨라."

나는 땡중에 대한 분노가 끓어서 있는 대로 욕을 해 댔다. 하지만 별수 없이 옥에서 긴긴 낮을 보내야 했다. 청이는 기어이 떠났을까? 혹시 귀덕이와 동네 사람들이 말려 주지 않았을까?

저녁이 다 되어서야 나는 풀려났다. 나는 뒤도 안 돌아보고 뛰었다. 주막 어귀에서 귀덕이를 만났다. 귀덕이는 어깨를 축 늘어뜨리고 터덜터덜 걸어오고 있었다.

"청이는? 청이는 어찌 됐니?"

나는 숨 가쁘게 물었다.

"갔어. 강재야, 청이 갔어."

귀덕이는 울음을 터뜨렸다. 나는 숨이 턱까지 차서 주저앉았다. 기어코 가 버렸구나.

"자식아, 어떻게든 해 봤어야지. 동네 사람들하고 같이 어떻게든 말렸어야지."

내가 관가에 끌려갔다는 소식을 듣고 귀덕이는 혼자서 이틀간 멀리 떨어진 주막까지 뒤지며 뱃사람들을 찾았으나 못 찾았다고 했다.

"결국 오늘 뱃사람들이 청이를 데리러 왔을 때에야 겨우 만났어. 마을 사람들과 함께 사정사정하다가 몸싸움까지 했는데……."

"뱃놈들 다리를 분질러서라도 막았어야지."

"정말이지 그러고 싶었어. 왜 아니었겠니? 하지만 청이가 도무지 말을 안 듣더라."

귀덕이는 강가까지 청이를 따라갔다 오는 길이라고 했다. 뱃사람들은 강가에서 작은 배를 타고 바다까지 나가 큰 배로 옮겨 탄다고 했단다.

"틈을 봐서 도망치자고 했더니 불공 효험 없어지게 왜 그러느냐며 희미하게 웃더라. 웃고는 있었지만 얼굴은 겁에 질려 있었어."

사실은 나도 무서워, 하던 청이 얼굴이 생각났다.

"억지로 끌려가는 것도 아니고 제가 한사코 간다는 걸, 달리 방법이……."

귀덕이는 눈물을 쏟았다.

"나는 태어날 때부터 청이와 동무였어. 내 기억에 청이가 없던 때가 없어."

그랬겠지. 젖 동무라니까. 젖을 나눠 먹은 사이라니까.

"강가 근처에서 뱃사람들한테 쫓겨났어. 근데 청이가……."

내가 눈으로 말을 재촉했다.

"그만 가, 다음에 봐, 라고 했어."

"다음에 봐, 라고? 그래서?"

"뱃사람들이 내 팔을 잡고 안 놔줘서 더 따라가지도 못하고 말도 못 했어. 청이가 배에 오르는 걸 멀리서 봤어."

귀덕이는 내 옆에 풀썩 주저앉더니 한참 동안 소리 내어 울었다. 생사람이 죽으러 떠나는 걸 배웅하고 왔으니……. 어미 말대로 돈에 팔려 가는 건 왜 항상 여자일까? 용왕은 왜 살아 있는 제물만, 그것도 왜 여자애만 원하나? 심 봉사는 눈을 뜰까? 나는 머리가 뒤죽박죽이 되어 귀덕이가 우는 걸 맥없이 지켜보았다. 귀덕이의 울음소리가 잦아질 때쯤 나는 천천히 일어나 휘적휘적 걸었다.

"괜찮니? 관가에서는……."

귀덕이가 나를 뒤따라오며 말했다.

"청이가 저렇게 갔는데 심 봉사라도 정말로 눈을 뜨면 좋겠다."

귀덕이가 옆으로 와서 섰다. 청이 말이 생각났다. "반대로 아버지도 눈을 뜨고 나도 살지 모르잖아."

"귀덕아, 물에 빠진다고 다 죽지는 않겠지?"

귀덕이는 내 말에 눈을 동그랗게 떴다. 나는 말해 놓고 스스로 어이가 없었다. 하지만 귀덕이는 금세 눈을 반짝거렸다.

"그래, 기적 같은 거 있겠지? 봉사 눈도 뜰 수 있다잖아."

"나뭇조각에라도 매달려 있다가 해안가로 밀려간다든가, 지나가는 배가 건져 준다든가."

"정말 그런 일이 일어날 수 있을까?"

귀덕이는 주문이라도 걸 표정으로 나를 바라보았다. 기억나지 않을 시절부터 청이와 이웃으로 함께 자랐다는 귀덕이었다. 나는 귀덕이의 어깨를 감싸 안고 걸었다. 기적, 지금 그런 기적이라도 바라지 않으면 뭘 할 수 있을까? 나야말로 말 같지도 않던 그 땡중의 말조차 믿고 싶었다. 봉사도 눈을 뜬다는데 바다 한가운데 빠져서도 살아남는 일이 가능하지 않을까?

"귀덕아, 폭풍우에 죽었다고 여긴 사람이 몇 년 후에 멀쩡히 살아오는 일도 가끔 있대."

"그러겠지? 청이도 다음에 봐, 라고 했으니까……."

귀덕 얼굴에 희색이 돌았다. 믿고 싶은 표정이었다. 나도 그랬다. 그래, 부처님께 쌀을 삼백 석이나 시주하고 갔는데 목숨 하나 안 건져 줄까?

마을로 올라가는 귀덕이를 보고 있자니 어쩌면 깡치도 몇 년 후에 살아오지 않을까 하는 엉뚱한 기대가 일었다. 바닷속 무릉도원에서 편하게 지내다가 심심하고 지겨워지면 돌아오지 않을까?

주막으로 가니 할머니가 뛰어와 내 손을 잡았다.

"아이고, 강재야, 괜찮니?"

어미는 국솥 아궁이 앞에 앉아 있다가 힐긋 돌아보았다. 반기는 표정에 나는 오히려 슬쩍 민망해졌다. 할머니는 내 몸 여기저기를 살폈다.

"상한 데는 없니?"

"없어요."

나는 어미가 앉은 자리 옆을 파고들었다.

"방에 가서 좀 눕지그래?"

어미는 그렇게 말하면서도 슬그머니 자리를 내어 주었다. 아궁이 안에는 장작이 활활 타고 있었다. 날름거리는 불길에서 뜨거운 열기가 번져 왔다. 할머니가 솥뚜껑을 열자 뜨거운 김과 함께 구수한 냄새가 확 퍼져 나왔다. 배고픈 것도 아닌데 익숙한 국 냄새에 눈물이 왈칵 솟았다. 국 때문인지 청이 때문인지 알 수가 없었다.

"저 인정머리 없는 뺑덕 어미가 그래도 너 때문에 관가에 다 찾아갔네. 스님을 그렇게 팼으니 혼이 나도 한참 날 거라고 말이다. 게다가 매질할 거면 좀 살살이라도 쳐 달라고 돈까지 몇 푼 쥐여 주고 왔다 하니 참 별일이다."

할머니는 뚝배기 가득 국을 떴다. 뭐라고? 어미가 어쨌다고? 나는 얼른 눈을 깜박거려 눈물을 집어넣고 어미를 돌아보았다. 돈 몇 푼에 때릴 걸 안 때린 건 아니겠지만 나는 가슴 한쪽이 먹먹해지는 걸 느꼈다. 뭘까, 이 느낌은. 어미는 짐짓 그릇을 정리하는 척하며 툭 내뱉었다.

"암만 생각해도 너 그 땡중 잘 패 줬다."

할머니가 뜨끈한 국밥 한 상을 차려 냈다.

"하이고, 잘했거나 말았거나 네가 주먹질하고 옥에 갇힌 보람도 없이 청이는 오늘 갔다."

어미가 어서 가서 먹으라는 턱짓을 했다. 나는 엉거주춤 일어나 평상에 올라앉았다.

"심 봉사가 지팡이를 내던지며 울고불고 난리가 아니었다. '동네 사람들아, 어찌 좀 해 주소! 눈 뜨는 게 무슨 소용이요? 우리 청이 못 보내오!' 하며 울부짖는 소리에 눈물 흘리지 않은 이가 없었다."

할머니는 밥상 앞에 앉아 눈물을 찍어 냈다.

"덩치 큰 장정들 대여섯이 쌀가마니와 돈 자루를 마루에 풀어 놓았더라. 자기들도 못할 짓 하는 줄은 아는지 삼백 석 말고도 인정으로 더 주는 모양이라. 심 봉사는 돈 자루를 집어 던지며 '다 필요 없다, 다 가져가고 내 딸 놔둬라. 청아, 청아, 어디 있느냐?' 하며 고래고래 소리를 질러 대고."

"흥, 쌀에 돈에, 딸 판 덕에 팔자 피었지."

어미가 비아냥거렸다. 나는 못 들은 척했다.

"아이고, 이년아, 말 좀 가려 해라. 이 난리에 어떻게 팔자 폈다는 소리가 나오냐? 심 봉사 양반이 '청아, 가지 마라. 눈 없어도 된다. 내가 잘못했다.' 하며 우는데 두 눈 뜨고 못 보겠더구먼. 그 착한 청이는 그저 '아버지, 부디 눈 뜨시고 좋은 사람 만나 해로하셔요.' 하면서 아비를 돌아보고 또 돌아보고 하면서 갔다."

할머니는 한숨을 푹 쉬며 곰방대에 담배를 채워 넣었다.

뜨거운 국밥 한 그릇을 다 비우고 나니 갑자기 피로가 확 몰려왔다. 어깨가 무지근하니 내려앉을 것 같았다. 며칠간 바깥이나 다름없는 옥사에서 화를 내며 지낸 게 온몸의 통증이 되어 스멀스멀 기어 다녔다. 청이는 결국 죽으러 떠났다. 슬픔인지 분노인지 복잡한 심사가 가슴속을 마구 헤집었다. 아무 생각 없이 잠들어 버리고 싶다는 생각이 간절했다. 할머니가 벌써 헛간 방에 장작을 때고 있었다. 나는 방에 들어가 요를 깔고 누웠다. 아직 바닥이 차가웠지만 곧 따뜻해질 것이다. 청이는 어디에 있을까? 지금쯤 어디 있을까?

잠결에 누가 귓전을 간질였다. 돌아보니 부드러운 물결이었다. 물고기가 유유히 눈앞을 지나다니고 여자가 고운 웃음으로 나를 불렀다. 아가야……. 다가가니 어미였다. 나는 어미를 밀어냈다. 어미가 슬프게 자꾸 불렀다. 가까이 가니 이번엔 어미가 멀어져 갔다. 어머니, 하고 불렀다. 어미 대신 청이가 하얀 옷을 나풀거리며 다가왔다. 나, 물고기와 놀아. 누가 나를 치장해 주고 있어. 가마 타고 멀리 갈 거야. 물결이 청이와 나 사이에 일렁였다. 하얀 종이에서 연꽃이 피어나며 너울거렸다. 종이 한쪽 귀퉁이에서 땡중이 히죽 웃었다. 청이 얼굴이 보였다가 말았다가 했다. 청아!

밤새도록 자다 깨다 하며 거푸 꿈을 꾸었다. 꽃단장한 청이와 웃음 고운 어미가 나를 온통 휘감았다.

176

기적

"강재야!"

할머니가 부르는 소리에 잠을 깼다. 들창으로 햇빛이 쏟아져 들어왔다. 도대체 얼마나 잔 거야? 나는 후다닥 일어나 나왔다. 해가 중천에 떠 있었다.

'아, 청이!'

갑자기 청이가 떠났다는 걸 깨달았다. 화살에라도 찔린 듯 가슴이 쓰렸다. 나는 평상에 푹 주저앉았다.

"이제 일어났어? 죽은 듯이 자더구나."

할머니는 걸레로 평상을 훔치고 있었다. 묵어간 손님들 아침 치다꺼리며 마당 청소까지 다 끝낸 뒤였다. 엊저녁에 손님이 오는지

가는지도 모르고 깊이 잔 모양이었다. 할머니가 개다리소반을 꺼냈다.

"밥부터 먹어라."

나는 뭘 감추기라도 하듯 허겁지겁 헛간 벽에 기대어 놓인 물지게를 둘러메었다.

"아, 아니에요. 물 길어 올게요."

"그럴래? 그러잖아도 물독이 비었다. 너 없는 며칠 동안 물이 제일 아쉽더라."

나는 아무도 없는 우물가에 한참 서 있다가 두레박을 내렸다.

콸콸, 빈 독에 물을 붓고 돌아서니 할머니가 밥상을 차려 놨다. 숟가락을 드는데 할머니가 앞에 앉았다.

"강재야, 물 한 지게 더 져다 주고 심 봉사 집에 좀 가 봐라."

그러잖아도 가 볼 생각이었지만 할머니가 일부러 다녀오라고 하니 의아했다.

"거긴 왜요?"

"참, 어이가 없네."

할머니는 헛웃음을 웃었다. 나는 숟가락질을 멈추고 고개를 들었다. 그러고 보니 어미가 보이지 않았다.

"그년이 심 봉사 수발들어 주겠다고 아침 일찍 국을 한 바가지나 퍼서는 갔다. 아침상 차려 줬으면 돌아올 일이지 일거리가 산더미 같은데 점심때가 다 되도록 도대체 올 생각을 안 한다."

178

뜻밖이었다. 수시로 돌봐 주던 귀덕이 어머니가 있는데 평소 살 갑지도 않던 어미가 아침부터 거기를 왜? 딱한 사정에 마음이 움직였나? 그래도 속에는 인정이 있는 사람이구나 하고 생각하는데 할머니가 덧붙이는 말에 바람이 훅 빠져 버렸다.

"무슨 꿍꿍이인지, 원."

꿍꿍이? 눈이 번쩍 뜨였다. 쌀가마니와 돈 자루! 나는 얼른 물독을 마저 채워 놓고 청이 집으로 올라갔다. 어미는 몸져누운 심 봉사에게 죽을 떠먹이고 있었다. 목소리도 상냥했다. 언뜻 보면 오래 함께 산 내외간 같았다.

"청이 대신 누구라도 붙어 있어야지. 어쩌다 한 번씩 들여다보는 이웃집 아낙이 무슨 도움이나 돼?"

이웃 아낙이라면 귀덕이 어머니 얘기였다. 나는 어미의 행동을 어떻게 봐야 할지 혼란스러웠다.

"그릇 씻어 놓고 군불 좀 봐 주고 갈 테니 먼저 가. 할망구도 참, 어련히 안 갈까 봐 너를 보내냐?"

어미는 말투와 표정까지 곰살맞아졌다. 그 태도가 조신하게 살림하는 아낙 같아서 낯설면서도 엉뚱하게 반가운 마음이 들었다. 어미한테도 이런 모습이 있을 줄은 생각도 못 했다. 나는 가타부타 말을 하지 않고 물독을 열어 보았다. 물이 가득 차 있었다. 아마 귀덕이가 채워 놓았겠지. 나는 어미에게 얼른 오라고 하고는 혼자 돌아왔다.

어미는 저녁 무렵에야 내려오더니 일을 대충 끝내기가 무섭게 옷가지까지 싸서 나섰다. 심 봉사 집으로 가겠다는 거였다.

"워낙 상심해 있어서 밤새 무슨 일이 생길지도 몰라요."

"딸 팔아 눈 뜨겠다는 아비라면서 욕을 해 대더니 무슨 마음이 들어 거기 들어앉겠다는 거냐?"

들어앉는다고? 나는 방으로 가던 발걸음을 멈췄다.

"뭐, 떠나는 날 보니 꼭 그렇지도 않데요. 청이가 저 스스로 아비 생각해서 그런 거지 심 봉사가 그런 것도 아니고…… 청이가 내처 아버지 잘 돌봐 달라고 부탁한 것도 있고."

"아무려면 청이가 너한테 들어가 살라고 부탁했겠니? 하이고 참. 그리고 어떻게 먹고살려고?"

"청이가 바느질이며 품을 팔아 모은 돈이 수월찮을걸요. 그리고 뱃사람들이 주고 간 돈도 꽤 되고."

"그럼 그렇지. 네가 어디 심 봉사 불쌍하다고 거둘 년이냐? 그러니까 뭐냐, 눈먼 양반 돈이 탐나서 그러지?"

"아이고, 그까짓 게 무슨 탐낼 거리나 된다고."

어미는 손사래를 쳤다. 나는 미심쩍은 눈으로 어미를 살폈다. 어미는 슬그머니 시선을 피했다. 할머니는 어미 속이라도 헤집어 볼 요량인지 실눈을 뜨고 살폈다.

"그렇다고 그걸 그래, 하루 만에 정하니? 덜렁 결정했다가 낭패를 본 게 한두 번도 아니면서. 한동네 사람인데 잘못되면 망신도 그런 망신이 어디 있어? 천천히 생각해 보고 해도 안 늦다."

"내가 더 당할 망신이 어디 있다고. 지금 그 양반, 딸 보내고 드러누웠어요. 힘들 때 돌봐야죠."

어미는 싱긋 웃었다. 보기 드문 웃음이었다. 진짠가? 진짜로 심 봉사랑 살아 볼 생각인가? 나는 고개를 저었다. 청이가 가기 전엔 낌새도 없던 일이었다. 할머니가 무릎걸음으로 다가가며 넌지시 물었다.

"그런데 심 봉사가 너더러 와서 살라고 하던?"

"어쨌든 내치지는 않았으니, 뭐. 아유, 그 형편에 싫다 좋다 할 게 뭐 있겠어요? 고마워도 한참 고맙지. 생판 모르던 사람도 아니고."

어미는 말에 심술이 빠지고 고분고분했다. 저런 면도 있었나 싶을 정도였다. 어미는 정말로 보따리를 안고 떠났다.

"저년 저 속셈이 도대체……."

할머니는 어미 등을 보며 중얼거렸다. 내 마음도 꼭 그랬다. 눈 먼 사람 수발하며 산다는 게 도무지 어미에게 어울리는 모습이 아니었다. 할머니는 담뱃대를 물고 툇마루에 오래 앉아 있었다. 나는 이미 어두워진 마당에서 이것저것 치우고 정리를 했다.

"휴, 어쩌겠니, 놔둬야지. 저도 외로워서 맨날 저런다. 당하고 또 당하면서……. 혹시 모르지, 이번엔 잘 살지……."

외로워서……. 걸핏하면 시비에, 분이 목에까지 차오른 듯 아득

바득하는 어미가 외롭다고? 나는 할머니를 마주 보고 평상에 걸터 앉았다.

"그 집에 있겠거니 믿었던 아들도 어딜 갔는지 알 수 없게 됐으니 말이다. 같이 산 적은 없다지만 가슴이 싸하고 허전하지 않겠니?"

"정말 허전할까요?"

"네가 아들 뺏긴 어미 심정을 어찌 알겠느냐?"

허전하다고, 어미가? 나는 알 수 없는 기분이 되어 잠시 멍해 있었다. 그 허전함에 덥석 심 봉사를 받아들였나? 아들 찾아 나서는 대신? 참 해독하기 어려운 사람이었다.

"그년이 관가에 너를 보러 갔다 오더니 내 아들도 배 타던데…… 하며 한숨을 길게 쉬더라."

나는 덜렁 누우려다가 멈칫하며 도로 일어났다. 할머니는 담배 연기를 길게 내뿜었다.

"제 딴엔 자식 생각을 속에다 감춰 놓고 있었던 거라. 그년이 제 손에 들어온 돈을 누구 딴 사람한테 쓸 년이냐? 네가 처음일걸?"

나는 가슴에 뭔가가 찌르르 훑고 지나가는 걸 애써 눌렀다.

"혹시 아들이 찾아오지 않을까요?"

"글쎄다, 안 그래도 지가 그러데. 안 찾아오면 좋겠다고. 저도 낯부끄러워 아들을 안 보고 싶은 게지."

"안 찾아오면 좋겠대요? 그래도 엄마인데 아들은……."

182

나는 말을 맺지 못하고 입을 다물었다. 그래도 엄마인데…… 깡치가 늘 하던 말, 죽도록 맞을 줄 알면서도 내뱉던 말을 내가 입에 담고 있었다.

"말이 그렇지, 왜 안 기다리겠느냐? 찾아갈 낯은 없어도 말이다."

"뭐 그리 낯이 없다고……."

할머니가 나를 빤히 보았다.

"뺑덕이가 와서 그렇게 말해 주면 오죽 좋을까? 그년 억하심정이 다 풀릴 텐데."

"……."

"과거지사 다 아는 동네 사람들한테 손가락질을 받으면서도 여길 안 떠나고 사는 걸 보면…… 속으로는 기다리는지도 모르지."

정말 그래서일까? 혹시나 해서 여태껏 여기에 눌러살고 있는 걸까?

"아들이 찾아오면 정말 좋아할까요?"

"그러겠지. 고맙고. 어차피 그 집에서 쫓겨났다면 한번 올 만도 한데……."

"제 생각엔 올 것 같은데요."

"와 주면 좋겠지만…… 뺑덕 어미가 하도 안 좋은 소문으로 쫓겨났으니 어미를 찾고 싶지 않을지도 모르지. 자식 못 키우고 사는 거, 못 키우는 처지가 된 것이 진짜로 불쌍한 거라."

할머니는 담뱃대를 길게 빨았다. 양 볼이 쏙 들어갔다. 한 세월이 다 빠져나간 홀쭉한 볼이었다.

"그런데 아주머니는 정말 심 봉사와 살려는 걸까요?"

"그 변덕을 누가 알겠느냐?"

할머니는 담배 연기를 후, 하고 길게 내뿜었다.

나는 밤늦도록 이 생각 저 생각에 빠져 있다가 날이 새자마자 물 한 지게를 길어 곧장 청이네로 가 보았다. 청이는 없었다. 당연한 일이었다. 어디 있을까, 청이는. 가슴속이 다시 뒤엉키며 심장인지 뼈인지 모를 어딘가가 심하게 아픈 것도 같고 떨리는 것도 같았다. 나는 지게를 진 채 한참 그대로 서 있었다.

어미는 부엌에서 밥을 하고 있었다. 심 봉사는 방에 있는지 기척이 없었다. 나는 물독에 물을 부어 놓고 마당에서 어정거렸다. 밥상을 차려 방으로 들어가는 어미 몸짓이 날렵했다. 기분이 좋다는 뜻이었다. 내가 있거나 말거나 신경 쓰지도 않았다. 아니, 방으로 들어가면서 외려 아직 안 가고 뭐 하느냐는 눈길을 한 번 던졌다.

못 키우는 처지가 된 것이 진짜로 불쌍한 거라. 할머니 말이 어젯밤 내내 맴돌았다. 그래도 엄마니까, 하던 깡치 말도 자꾸 생각났다. 저렇게 누군가의 밥상을 차리면서 살면 외로움이 가시려나. 속에 찬 분이 조금은 누그러지려나. 어미는 진심으로 심 봉사와 여생을 함께하고 싶은 걸까? 나는 방문이 닫히고 나서도 한참 서 있다가 돌아서 나왔다.

돌다리를 지나자마자 스님, 그 땡중을 만났다.

"나무 관세음보살."

나는 태연히 합장하는 땡중을 향해 주먹이 나가려는 걸 일단 누그러뜨리고 비아냥거렸다.

"공쌀 삼백 석에 배 터지시옴보살. 그 쌀 썩기 전에 다 처먹어야 할 텐데 이렇게 쏘다닐 시간이 있으신지?"

"……."

땡중은 내 말에는 아랑곳 않고 미소를 띤 채 한 번 더 합장하고 걸음을 떼었다. 나는 막아서며 소리를 질렀다.

"덕분에 관가에서 대접 잘 받았소. 넘쳐 나는 쌀 한 바가지 관가에 갖다 바치셨소? 거기서 내 말은 아예 듣지도 않고 가둬 놓기만 하더군. 청이 떠날 때까지 시간 딱 맞춰서."

나는 입을 이죽거리며 비웃었다. 땡중은 입술을 꾹 다문 채 입꼬리만 올리며 빙긋 웃었다.

"먹살에 패대기가 아니라 설사 다리를 분질렀어도 그렇지, 얼마나 양심이 없으면 나를 발고까지 하시는지?"

"그 처녀의 정성은 하늘 높이 닿아 있는데 어린 처사의 무지는 발밑으로 그만큼이로다."

"뭐요? 무지?"

"매질 말아 달라 청해 주는 이가 생겼는데 그 기적을 몰라보니 말이오."

어미가 관가에 찾아왔던 것을 이 땡중이 어찌 알았지? 근데 뭐가 기적이야? 어미가 나를 찾아온 것? 어미가 안 쓰던 인심을 쓴 것? 아니면 그 이야기를 듣고 내 가슴이 먹먹했던 것? 내 속마음까지 이 땡중이 알 리는 없고, 무슨 소리야, 대체? 내가 우물쭈물하고 있자 땡중은 옆으로 비켜서서 걸음을 떼었다. 문득 땡중이 내 질문을 피해 갔다는 걸 깨달았다. 나는 다시 막아섰다.

"흥, 별걸 다 알고 있네. 관가와 말이 아주 잘 통하는가 보군. 발고는 내가 해야 되는 거 아닌가? 여태 심 봉사 눈 떴다는 말은 못 들었으니까 말이지요."

"연꽃 그림은 전해 주었는지요?"

연꽃 그림? 잠시 기억이 안 나서 멍했다. 아, 귀덕이가 건네주었지. 연꽃 그림을 받아 들고 환하게 웃으며 품에 넣던 청이가 떠올랐다. 그 와중에 웃던 얼굴이라니. 가슴이 찌르르하다가 화가 폭발했다. 주먹이 나가려던 찰나 스님 목소리가 막았다.

"그랬으면 되었습니다."

땡중은 이번에도 엉뚱한 말로 답을 피해 갔다. 나는 소리를 꽥질렀다.

"청이는 죽고 심 봉사는 여전히 봉사란 말이오! 이 사기꾼 땡중아!"

"여전히 무지하시구려. 옥중에서 홀로 나흘이나 면벽 수행했으면 눈뜰 만도 하건만."

186

"무슨 헛소리야! 내가 아니라 심 봉사가 눈을 떠야지!"

땡중은 나를 홱 밀치고 성큼성큼 걸어갔다. 나는 스님의 팔심에 떠밀린 게 놀랍기도 하지만, 그보다는 어떤 기운에 눌린 것 같아서 잠시 얼떨떨해 있었다. 그러다 겨우 힘을 모아 소리를 질렀다.

"청이는 어떻게 해? 어떡하냐고!"

나는 울먹이다가 결국 우느라 더 욕을 할 수가 없었다.

"허허, 자신을 구하면 누군가도 함께 구해지는 법이거늘."

땡중이 등 뒤로 말하고는 두어 걸음 걷다가 갑자기 돌아섰다.

"반대로 누군가를 구하면 자신을 구하기도 하지요. 나무 관세음보살."

땡중은 히죽 웃었다. 그러고는 내가 뭐라고 대꾸하기도 전에 돌아서더니 순식간에 멀어졌다. 나는 나흘간 갇힌 것에 대한 앙갚음은커녕 청이 일도 제대로 따지지 못했다.

무지라니, 무슨 황당한 충고인가? 내가 뭘 모른다는 말인가? 그리고…… 구한다는 건 또 뭐지? 누가 누구를 구한다고? 나는 어느새 땡중의 궤변에 사로잡혀 있다는 걸 깨달았다. 하여튼 사기꾼 땡중답게 해괴한 말로 사람을 홀리는 재주가 있었다. 나는 분통이 터져 길옆의 나무를 홱 쳤다. 손이 아팠다. 손바닥에 작은 생채기까지 나 있었다.

물지게를 채워 주막에 오니 할머니가 국솥을 살피고 있었다.

“심 봉사 집에 갔더냐?”

“예.”

할머니가 나를 올려다보았다. 어미를 궁금해하는 것이었다.

“물 길어 주고…… 밥상 들고 방으로 들어가는 거 보고 왔어요.”

나는 마루에 털썩 앉아 먼 하늘을 쳐다보았다. 하얀 구름이 무더기 져서 떠 가고 있었다.

“청아!”

나도 모르게 내뱉은 말에 깜짝했다. 할머니가 손을 멈추고 나를 보았다. 나는 고개를 푹 떨어뜨렸다.

“너한테도 좋은 동무였는데…….”

할머니가 다시 국을 젓기 시작했다. 나는 벌떡 일어났다.

“할머니 배고파요.”

“그래, 밥 먹자.”

할머니가 아궁이 앞에서 일어나 치마를 털었다.

셋이 먹다가 둘이 먹으니 허전했다. 할머니도 그런지 말없이 숟가락질만 했다.

“어렸을 적에 어머니가 나를 버렸는데요.”

나는 계획에도 없이 불쑥 말하고 말았다. 순전히 썰렁한 밥상 분위기 때문이었다.

“죽었다고 하지 않았니? 아비도 있고?”

“아버지는 죽었어요.”

188

"다른 식구는? 계모가 있었니?"

"……"

"계모하고도 잘 지내지 못했나 보네. 그래서 널 버린 어미가 원망스러우냐?"

"내 어미가 아니었으면 좋겠다 생각했어요."

"왜? 별로 탐탁스러운 어미가 아니었어?"

할머니는 무심한 척 나를 살폈다. 나는 밥을 뜨다 말았다. 왜 내 어미가 아니었으면 좋겠다고 생각했지? 그래, 어머니와 동네 아이들이 내 어미는 행실 나쁜 여자라고 비웃었으니까.

"뭐, 네 마음에 드는 어미였으면 좋겠다는 거지?"

세월의 힘인가? 할머니 말은 은근히 송곳 같았다. 할머니는 숟가락을 놓고 숭늉을 한 모금 마시더니 담배쌈지를 꺼냈다.

"어미가 미우냐?"

"미운 건 아니에요."

나는 얼결에 소리쳤다. 거짓말이다. 내가 이러고 있는 것은 어미가 미워서이다. 왜 미운가? 나를 버려서? 아니다, 마음에 들지 않아서이다. 아니다, 모르겠다.

"안 미우면 됐지, 뭐. 그래도 늘 어미 생각이 나지? 마음에 안 든다, 안 든다 하면서. 찾아가 보고 싶지?"

"아니에요!"

나는 펄쩍 뛰었다.

"아니긴. 찾아보고 싶은데 네 마음에 안 들어서 심통 부리는 거잖아. 사실은 둘이서 어미 아들 하고 싶은 게지."

"아니라니까요!"

내가 여기서 겨울을 나고 봄이 되어도 어물거리고 있는 것은 무엇 때문일까? 어미를 못마땅해하면서도 여태 머무는 것은 무슨 마음이지?

"지 새끼 못 키우고 떠난 사정이야 파고들면 다 가슴 아픈 게지."

"……."

"강재야, 못마땅해도 딱하게 여겨 줘라. 그만큼 컸으면 어미를 보듬어 줄 때도 됐지. 모르긴 해도 되게 불쌍한 년일 거다, 네 어미도 너만큼."

나는 슬그머니 일어섰다. 어딘가가 아파 오는 것 같아 불편했고 그걸 할머니에게 들키기 싫었다.

"제 몸 팔아 아비 눈 뜨라고 하는 것만 효도가 아니다."

등 뒤에서 할머니 말이 나를 휘감았다. 청이는 그렇게 떠나는 게 효도도 아니고 보답도 아니라고 했다. 그냥 아버지가 행복하길 바랄 뿐이라고 했다.

점심 손님이 우르르 몰려왔다. 할머니와 나는 갑자기 분주해졌다. 손님들은 국밥 한 그릇씩을 후딱 먹고 떠났다. 갈 길이 바쁜 장사꾼들이었다.

어미는 며칠째 느지막이 내려와 주막 일을 하고 저녁 일이 끝나면 곧장 심 봉사에게 갔다. 할머니를 거드는 것은 거의 내 몫이었다. 어미는 여전히 퉁명스럽고 말이 곱지 않았지만 표정이 한결 밝았다. 나는 자꾸 어미 눈치를 보고 있었다. 좋게 말하면 어미의 마음 변화를, 나쁘게 말하면 어미의 속셈을 살피는 것이었다. 내가 왜 이러나 하면서도 번번이 어미를 힐긋거렸다. 뭘 확인하고 싶은 걸까? '행실 나쁜' 모습을 확인하려는 건지 심 봉사에게 마음 붙이는 걸 보고 싶은 건지 헷갈렸다.

어느 날, 그릇을 옮기고 있는데 입이 쑥 나온 어미가 오더니 말도 않고 일을 시작했다. 픽픽 소리를 내는 게 영 심사가 꼬여 보였다. 할머니가 내게 눈을 찡긋했다. 공연히 건드리지 말라는 뜻이었다. 저 성질은 어쩔 수 없군. 나는 모른 척했다. 그런데 어느새 나도 모르게 어미가 일하는 걸 물끄러미 보고 있었던 모양이다. 어미에게서 거친 핀잔이 터졌다.

"왜? 네 눈에도 내가 우스우냐?"

"아, 아니에요."

어미는 머릿수건을 풀어 평상에다 탁탁 털었다.

"하나 보태 주는 것도 없으면서 뒷말만 잘해. 내가 심 봉사를 잡아먹기라도 하나? 다들 쑥덕거리기는."

동네에서 무슨 소리를 들은 모양이었다. 그래서 그랬군. 나는 일하는 척 귀를 기울였다.

"그럴 줄 몰랐니? 그동안 한 짓이 있으니 그러지."

할머니는 가마솥 뚜껑을 행주로 훔치며 심드렁하게 말했다.

"내가 그러고 싶어 그랬나요? 지들이 내쫓고 나 몰래 도망치고 그런 거지. 다 내가 당한 거잖아."

어미는 마음이 많이 상했는지 얼굴까지 벌겋게 되어 씩씩거렸다.

"내가 뭘 그리 잘못했어? 이리 치이고 저리 치이고. 그러고 나면 누구 하나 나를 위로해 줬어? 치여서 엎어진 년한테 욕이나 하고 침이나 뱉었지."

"불뚝 성질에 싸우지 말고 제발 이번엔 오래오래 참고 뭉근하게 지내 봐라. 말이란 건 금방 잦아든다."

"참기는요. 내 눈에 띄기만 해 봐라, 입을 찢어 줄 테니. 강재 너도 그런 눈으로 보지 마라. 기분 나빠."

"그런 거 아니라니까요!"

내가 소리치자 할머니가 손사래를 쳤다.

"입을 찢다니, 저 저, 애한테 말하는 꼬락서니하고는."

"정말로 심 봉사 돈 자루 확 훔쳐다가 도망이라도 갈까 보다. 그러면 다들 좋아하겠지요? 그럴 줄 알았다며, 예상이 딱 맞았다며 손뼉을 칠 거 아니야?"

"제발 좀 참아라. 심 봉사하고 살려거든 시비 만들면 안 된다. 말하기 좋아하는 사람들한테 빌미 주지 마라."

"됐어요. 언제는 내가 좋은 소리 듣고 살았나?"

어미는 평상에 털썩 앉았다. 잔뜩 찌푸린 얼굴에 분기가 가득했다. 장작 한 더미를 안고 오다가 보니 어미 눈에 눈물이 슬쩍 어려 있었다. 가슴에 이상한 느낌이 쓰윽 지나갔다. 속상한 느낌, 아니, 편들고 싶은 느낌. 나는 장작을 내려놓고 손을 털었다. 뒤에서 어미가 툴툴거렸다.

"심 봉사가 어떤 사람인데, 돈주머니를 얼마나 야무지게 챙기는 줄 알아요? 낡아 빠진 궤도 꼭꼭 잠가 놓고 있다고요."

"하이고, 누가 들으면 말 내기 딱 좋은 소리구먼."

할머니가 평상을 탁탁 두드리며 나무랐다.

"그러니까 왜 내가 하는 일은 다 삐딱하게만 보느냐고! 내가 악이 안 받치게 생겼냔 말이야!"

어미가 벌떡 일어나며 소리를 질렀다. 저 성질머리! 나는 휙 돌아서서 어미를 노려보았다.

"아주머니, 그만 좀 하세요. 이런 거 아들한테 보여 주기 싫다면서요?"

"뭐?"

어미가 멈칫하며 얼굴이 굳어졌다. 할머니 눈이 휘둥그레졌다. 더 당황한 것은 나였다. 아들이라니, 본의 아니게 내 말은 오해하기 딱 좋게 되어 버렸다. 하지만 그런 걱정도 잠시일 뿐, 어미는 손을 치켜들고 때릴 듯이 나에게 달려들었다.

"네가 뭔데 그딴……."

다행히 어미는 내가 실수한 것을 눈곱만큼도 자백으로 알아듣지 못한 모양이었다. 나한테 눈을 박고 있던 할머니가 놀라 막아섰다.

"아이고, 이것아, 얘가 어디 틀린 말 했니? 아들이 찾아올 때를 생각해서 악악거리는 거 좀 고치라는 말 아니냐?"

어미는 할머니 팔에 잡혀 입을 앙다물었다. 할머니 힘쯤이야 못 떨쳐 낼 것은 아닐 터인데 참고 있는 거였다. 나를 노려보는 어미의 눈에 분노보다는 당혹감이 가득했다. 패악도 악다구니도 부릴 수 없는 눈, 그 눈에 천천히 눈물이 차오르고 있었다. 가여운 눈이었다. 사방에서 비난당하는 사람의 방어 본능과 지레 공격하는 발악이 담긴, 그러나 지탱할 데 없는, 한없이 힘없는 눈이었다. 나는 갑자기 울컥하며 맥이 탁 풀렸다. 아들이라는 말에 앞뒤가 없어지는 여자, 뺑덕 없이도 내처 뺑덕 어미로 불리는 여자. 그 뺑덕이 나라고 하면 어미는 어떤 표정이 될까?

어미는 패악을 부리고 악다구니를 퍼부어도 철저히 약자였다. 가막동에 살 때 온 동네 아이들 코피를 터뜨리고 다녔어도 끝내는 내가 약자였던 것처럼. 힘이 풀린 어미의 눈은 몸싸움에 이기고도 상처받아 웅크려 들던 꼭 내 모습 같았다. '어머니!' 나도 모르게 속으로 불렀다. 밖으로 나온 말이 아닌데도 당황스러웠다. 눈물까지 차올랐다. 둘이 함께 눈물이라니, 무슨 이런……. 나는 결국 어미에게서 고개를 돌렸다.

  며칠 동안 나는 잠깐씩 일 거드는 것 말고는 내내 헛간 방에 틀어박혀 있었다.

  "내가 뭘 그리 잘못했어? 이리 치이고 저리 치이고. 그러고 나면 누구 하나 나를 위로해 줬어? 치여서 엎어진 년한테 욕이나 하고 침이나 뱉었지."

  바락바락 악을 쓰던 어미 얼굴이, 그 악다구니가 천장에서 벽에서 툭툭 튀어나왔다.

  "내가 그러고 싶어 그랬나? 다 내가 당한 거잖아. 나는 착한 거 싫다. 착하면 다 무시하더란 말이다. 내가 먼저 바락바락 안 하면 남들이 나한테 바락바락하더란 말이다. 박복한 팔자 이러면 펴질까, 저러면 펴질까 끙끙대며 애쓴 거다. 알고나 지껄여라."

  어미 눈에 차오르던 눈물이 나한테서 주르륵 흘렀다. 알고나 지껄여라, 알고나 지껄여라. 그래, 어미도 파도에 부딪히며 살아 내고 있는 것이다. 그게 패악이든 위악이든 살아 내려 애쓰고 있는 것이다. 어미가 그 파도를 고상하게 받아 내지 못했다고, 지혜롭게 헤쳐 나가지 못했다고 비난할 자격은 내게 없었다. 그걸 인정하는 게 쓰리고 아팠다. 나도 얼마나 거칠고 또 어리석게 그 파도를 치받았던가? 하루걸러 한 번은 난리를 피우는 저 여자가 가여운 내 어미였다. 어릴 때부터 내 어미는 그런 사람이 아니라고 그토록 주먹질을 해 댔어도 끝내는 내 어미였다.

　나는 소리 죽여 울었다. 바락바락, 그거 애쓰며 산 거 맞아요. 나는 어미가 산 세월을, 어떻게 해 볼 힘이 없어 혼자 버둥댄 흔적을 보듬어 안았다. 그러자 내가 어미에게 안기는 것 같았다. 아가야, 귓전에 나를 부르는 소리가 들렸다. 어머니, 어머니. 내 안의 응어리가 조금씩 녹아내렸다.

　그래, 아니, 그래, 아니. 몇 밤을 엎었다 뒤집었다 했다. 결국 지금은 내가 나설 때가 아닌 걸로 결정했다. 어미는 삶을 새로 시작하는 중이었다. 다들 삐딱하게 보고 있어도 어미는 자기 식대로 또 한 번 박복한 팔자 펴 보려고 끙끙대는 중이었다. 어미가 어미의 삶을 찾도록 시간을 주어야 한다. 나에게도 시간이 필요했다. 머잖아 정말로 아들이 되어 다시 올 것이다. 그때 어미가 심 봉사와 함께 있든 아니든, 심술 맞고 우악스럽든 아니든 나는 어미의 아들이 될 것이다. 그래서 어미 있는 아이가 될 것이다. 나는 담담해졌다. 아니, 든든해졌다.

　"나 떠날까 해."
　내 말에 귀덕이는 고개를 끄덕였다. 귀덕이는 눈에 띄게 힘이 없어진 모습으로 지게를 지고 마을로 산으로 오가고 있었다.
　"어디로 가?"

196

"배 타러 가야지, 뭐. 거기밖에 갈 데가 없잖아."

"바다……?"

내가 고개를 끄덕였다. 귀덕이는 애써 입을 꾹 다물고 있었다. 바다라는 말이 귀덕이에겐 생채기를 내는 말일 것이다. 귀덕이는 혹시 청이가 살아올지 모른다는 생각을 버리지 않고 있었다. 꾹 다문 입술이 차마 소리 내지 못하고 그 말을 하고 있었다.

"한 번씩 올게."

한 번씩 온다는 말, 귀덕이와 나는 다른 뜻으로 말하고 듣고 있을 터였다. 귀덕이는 내가 청이 소식 들으러, 나는 진짜 뺑덕이가 되러. 하지만 굳이 지금 말할 필요는 없겠지. 귀덕이처럼 나도 청이가 혹시 살아 돌아올지 모른다는 생각을 하지 않는 건 아니니까. 세상은 청이 말대로 말도 안 되는 일투성이니까. 게다가 누굴 구하느니 어쩌느니 했던 땡중의 말도 묘하게 떨쳐지지 않았다.

"배 타러 가는 거니?"

어미가 물었다. 눈으로는 더 많은 것을 묻고 있었다. 할머니가 입술을 달싹이며 무슨 말을 할 듯 말 듯 하다가 말았다. 나는 속이 찔려서 모른 척했다. 할머니가 어미 눈치를 힐긋 보더니 말했다.

"강재야, 혹시 뱃사람 중에 뺑덕이란 아이 있는지 알아봐라."

"예?"

나는 애써 표정을 가다듬었다.

"찾기는, 관둬."

어미가 툭 쏘았다.

"삥덕이 아니고 병덕이야."

어미가 혼잣말처럼 고쳐 말했다. 할머니와 내가 동시에 눈을 동그랗게 떴다. 관두라더니, 이름을 입에 다 올리고.

"예, 꼭 찾아 줄게요."

내가 빙긋 웃었더니 어미가 누그러진 표정으로 말했다.

"주먹질은 하지 마라."

"언제는 주먹질이 마음에 든다더니요."

어미는 대답 없이 머쓱하게 웃었다. 저 뻐드렁니가 순해 보일 때도 있네. 나는 보따리에서 주머니를 꺼내 어미에게 주었다. 어미가 받아 들며 눈으로 물었다.

"맡아 주세요. 이거 가지고 배를 탈 수가 없어서요. 찾으러 올게요. 참, 관가에 찾아와 준 거 고마웠어요. 그리고 나는 강재가 아니에요. 그건 바다에서 죽은 동무 이름이에요."

나는 숨도 안 쉬고 주르르 말했다. 할머니와 어미는 '응?' 하는 눈으로 나를 보았다. 할머니가 한 걸음 앞으로 나오며 눈으로 뭔가를 묻고 있었다. 나는 허리를 꾸벅하고 돌아서서 뛰었다.

나의 바다

　막 해가 넘어간 바다 위로 아직 석양빛이 남아 불그레했다. 바다는 여전히 파도를 밀어 올리며 으르렁거리고 있었다. 처얼썩처얼썩, 우르르르. 아득히 잊은 소리였는데 막상 들으니 내내 그리워한 양 코끝이 시큰하며 가슴이 뛰었다. 겨우 반 년 남짓이지만, 아주 긴 시간을 떠나 있었던 것처럼 감격스러웠다. 멀리 어두워져 가는 빛 속에 몇 척의 배가 보이고 모래밭 끝에 뱃사람들의 움막이 나지막하게 앉아 있었다. 움막 옆에 쌓인 그물 뭉텅이를 보자 반가움이 와락 밀려들었다. 나는 뛰기 시작했다.

　바닷가 움막은 거적때기 하나까지 내가 떠나기 전 그대로였다. 뱃사람들도 그대로였다. 내가 나타나자 저녁 밥상에 앉아 있던 뱃

사람들이 우와, 뺑덕아, 하며 소란을 떨어 주었다. 외눈썹 아저씨
는 언젠가 돌아올 줄 알았다며 내 어깨를 세게 끌어안았다.

"어미한테 가 있었지?"

"예."

나는 잠깐 멈칫했다. 예,라고 대답하는 데에 아무런 거리낌이
없다니. 외눈썹 아저씨 눈빛이 푸근하고 살가웠다.

"그래, 잘했다. 깡치가 그리도 부러워하던 어미 아니냐?"

그래, 변한 게 있었다. 깡치, 깡치가 없었다. 내 목을 휘감으며 낄
낄거리다가 어느새 내 속에 불을 질러 얻어터지던 깡치가 없었다.
가슴이 아렸다. 사람들이 내 손을 끌어 밥상에 앉혔다.

"비릿한 배 밥이 그립지 않더냐?"

석주 아저씨가 불에 그슬려 익힌 생선 토막을 내 앞에 갖다 주
었다. 배 밥, 정말 맛있었다. 그리웠던 게 맞았다.

소식이 갔는지 옆 움막에서 웅삼이 형이 주춤주춤 오더니 머쓱
하게 손을 내밀었다. 그 뒤로 주둥이 아저씨가 나타나 걸걸한 소리
로 으아, 뺑덕아, 하고 불러 주었다.

"너 잡겠다고 웅삼이 녀석이 가막동인가로 쫓아가지 않았냐?
여기저기 맞아 부어터진 얼굴로 말이다."

주둥이 아저씨가 실실 웃었다. 웅삼이 형은 괜히 옷소매를 털며
멋쩍게 웃었다.

"깡치 누나를 만났다. 진줏값을 고스란히 주었다며? 인마, 동생

잘 부탁한다고 해서 나도 깡치 죽었다는 말 못 하고 왔다."

"예에."

나는 기어드는 소리로 말했다. 내가 건네준 진줏값을 받고 눈물을 쏟다가 웃음을 띠다가 했던 깡치 누나는 얼마 뒤 패악을 부리는 어미에게 내가 제 동생과 함께 뱃사람이 되었다고 전해 주었다. 언젠가는 누나를 찾아가서 깡치 이야기를 제대로 해 주어야겠지.

진줏값, 나는 그것을 어미에게 주었다. 얼결에 주머니를 받아 들고 눈이 멀뚱멀뚱하던 어미 얼굴이 떠올랐다. 어미는 지금쯤 아들을 찾았을까? 뜬금없이 돈주머니 맡긴 것만으로 아들을 간단히 알아볼 리는 없겠지만, 이것저것 꿰맞추면 전혀 짐작할 수 없는 일도 아니었다. 게다가 할머니가 있다. 마지막까지 입술을 달싹이며 묻고 싶은 걸 참던 할머니는 주머니 속을 보고 무릎을 쳤을 것이다, 어미에게 말할지 안 할지는 모르겠지만. 혹시 알았다면 어미는 몰라본 게 미안해서 눈물을 쏟았을까? 픽, 웃음이 나왔다. 어미라면 그럴 리가 없지. 속아서 분하다고 하거나 이런저런 꼴 보인 게 창피해서 펄쩍 뛰었다면 몰라도.

그런데 아무리 생각해도 고개가 갸웃해지는 게 있었다.

"매질 말아 달라 청해 주는 이가 생겼는데 그 기적을 몰라보니 말이다."

땡중이 한 말이다. 시간이 흐를수록 그게 그저 나를 약 올리려고 한 말 같지는 않았다. 어미가 관가에 찾아온 게 기적이라 할 건 뭔가? 할머니 말처럼 그저 별일인 정도일 뿐, 기적이랄 것까지는 아니지 않나? 도대체 뭘 몰라본다는 거지? 이런저런 생각을 하다 보면 나는 가끔 그 땡중은 정말 땡중이 아니었나 하고 당연한 걸 의심하게 됐다. 주먹에 발길질까지 하며 난리법석을 피우는 나를 향해 청이에게 손수 그린 연꽃 그림을 갖다 주라고 당부한 것도 희한하고, 그깟 게 뭐라고 뒤에 만났을 때 제대로 전해 주었는지 확인까지 한 것도 웃기는 일이었다. 다시 만나면 한 번 더, 아니 이번에는 그 잘난 민머리가 박살 나도록 패 줄 생각이 들면서도 그가 남긴 헛소리 같은 말들이 머릿속에 자주 맴돌았다.

나는 부지런히 고깃배를 탔다. 웬만한 파도에는 더 이상 멀미도 하지 않았다. 바다로 돌아온 지 두어 달 만에 어깨와 등판은 검게 그을렸고 팔뚝에는 힘줄이 툭툭 불거져 나와 제법 뱃사람티가 났다. 손바닥으로 탄탄한 팔뚝을 쓸어내리면 뿌듯한 생각이 들었다.

어느 날부터 깡치와 둘이 가던 바위산 쪽으로 혼자 잠수질해 갈 수도 있었다. 그곳에서 조개를 따고 전복을 캤다. 그럴 때면 나는 도화동에서처럼 깡치가 되었다. 누나를 위해 욕심내어 조개를 캐던 깡치. 깡치야, 다음에도 누나한테 네 심부름 다녀올게. 돈을 벌어 쓸 데가 생겼다는 생각에 부지런히 물을 드나들었다. 깡치가 일하고 돈을 모으는 동안 얼마나 행복했을지 알 것 같았다. 반듯하게 잘 살고 싶다는 생각이 문득문득 들었다.

손질한 그물을 한 아름 안아다가 내일 출항할 배에 갖다 놓고 일어서는데 외눈썹 아저씨가 갑판에서 돌아 나왔다.

"뺑덕아, 너 이제 뱃사람 다 됐다."

"예에, 저 쓸 만하죠? 지난번 석주 아저씨가 손가락을 다쳤을 때도 거의 저 혼자 그물 끌어 올렸잖아요."

"인마, 그만한 일로 자랑은. 너한테 이까짓 세상, 배나 타지 뭐, 하는 기색이 없어져서 하는 말이다."

"그게 무슨 말이에요?"

"잊었냐? 사는 일이 무슨 개뼈다귀쯤 되는 줄로나 알고, 눈으로는 꼭 어디 시빗거리 없나 하며 찾고 있었다, 너는."

"에이, 그 정도까지는 아니…… 아이고, 그때는 제가 어렸습니다. 너그럽게 넘어가 주십시오."

"하하, 이제 정말로 배를 타는 것같이 타서 하는 말이다. 누군가의 아들이 되어 보니 세상이 다르지?"

"예?"

"하하하, 독기가 빠지니 널 부려 먹기가 한결 수월해졌다."

아저씨는 배에서 훌쩍 뛰어내렸다. 아들이 되어 보니…… 그래, 나는 그냥 뺑덕이 아니고 누군가의 아들 뺑덕이었다. 배 바닥을 딛고 선 허벅다리에 힘이 실렸다. 문득 땡중의 말이 떠올랐다. 기적. 누군가의 아들이 된 것, 독기가 빠지고 이렇게 허벅다리에 뻐근하게 힘이 실리는 것이 기적이 아닐까?

새벽에 잠에서 깨면 나는 혼자서 먼바다를 보고 서 있곤 했다. 여전히 멀고 까마득한 바다는 아무도 없는 새벽에도 파도를 일으키며 달려와서는 거품을 풀어 뭍의 가장자리를 핥고 떠나갔다. 처르륵 밀려왔다가 뒷걸음질로 돌아가면서, 새벽 바다는 날마다 내게 새날을 열어 보였다. 끝 간 데 없이 멀리 벋어 있어도 바다는 더 이상 막연히 떠나고 싶은 그런 곳이 아니었다. 뭍에서 뿌리째 뽑혀서, 세상이 엿 같아서 어디든 나를 버리려 나가 보고 싶은 그런 바다가 아니었다. 이제 바다는 살아 움직이는 나의 땅이었다.

눈을 감고 새벽바람에 실린 냄새를 맡고 있는데 문득 누가 다가와 옆에 섰다. 산 너머 본가에 다니러 갔던 외눈썹 아저씨였다.

"일찍 오셨네요?"

"이제 너한테 바다가 들어오는 모양이구나."

"예에."

"처음에는 배만 보이지 않았느냐?"

"그랬죠. 그저 배 타고 나갈 것만 생각했지요."

깡치나 나나 큰 배, 멀리 가는 배 타려고 안달을 했었다.

"한 이십 년 바다에서 살았는데도 바다는 도무지 그 넓이와 깊이를 가늠할 수 없어. 거대한 곳이지. 푸근하기도 하고 무섭기도 하고. 배 하나를 통째로 삼키고도 아무 일이 없었던 듯 출렁이는 걸 보면 뻔뻔하기도 하고."

깡치도 삼키고, 어쩌면 청이도 삼킨 바다지요.

언뜻 잔잔해 보이는 저 바다 깊은 속에 쉼 없이 넘실대는 물결이 숨어 있을 것이다. 그 물결들이 가끔 성이 나서 솟구치고 뒤집어지며 온통 바다를 뒤흔들기도 하겠지. 그러고 또 시치미 뚝 떼고 잠잠해지겠지. 용이 몸부림을 치는 거라고 했던가?

눈부신 아침 햇살이 바다 위로 쏟아져 내렸다. 청이는 어디에 있을까? 가마 타고 어디로 간다고 했는데. 청이는 꿈에서 늘 물속에 있는 어머니를 만난다고 했지. 나도 그랬다. 나도 물결 속에서 고운 어미를 만났다.

"저 안에 무엇이 있는지, 어떤 다른 세상이 있는지 궁금하지 않니? 물고기들이 어떤 세상을 이루어 살고 있는지, 가끔씩 우리한테 선심 쓰는 진주가 그 안에는 얼마나 쌓여 있는지. 어린 날 나는 늘 바닷속에 정말 용이 살고 있는지가 궁금했지."

"나도 궁금해요. 용궁도 궁금하고 용궁에 누가 사는지도 궁금해요. 뱃사람을 데려간다는 곳도 궁금하고……."

청이가 거기에 있는지, 깡치가 어디서 히히거리며 살고 있는지…….

"참말로 용궁이 있긴 있는 모양이더라."

"예?"

"소문 못 들었지?"

"무슨 소문요?"

"어제 장에 나갔다가 큰 장삿배 타는 사람들을 만났는데 인당수 바다에서 아주 커다란 연꽃을 건졌다 하데."

"인당수에서 연꽃을요?"

나는 무슨 엉뚱스러운 말인가 하다가 갑자기 심장이 쿵, 하는 소리를 들었다.

"바다에서 연꽃이라니 기이한 일이지. 그것도 어른 팔로 한 아름이 넘는 큰 꽃이라더라. 뱃사람들이 아무리 힘을 써도 꽃잎이 벌어지지도 않더라네."

"그게 무슨, 어떻게……."

"바다가 보내는 소식이지. 바닷속 일을 우리가 다 알 수는 없지만 한 번씩 그렇게 소식을 보내오니까 아예 모른다 할 수도 없어. 하늘도 그렇고 바다도 그렇고 우리한테 보여 주는 것은 늘 뜻밖에 깜짝할 일들이라니까."

소식, 외눈썹 아저씨는 소식이라고 했다. 인당수, 연꽃, 용궁…… 청이! 가슴이 쿵쾅쿵쾅 뛰었다. 너울거리는 청이의 하얀 옷자락이 눈앞을 스쳐 갔다. 물결과 연꽃잎이 뒤섞여 나풀거렸다.

"그래도 도무지 알 수가 없는 게 바다야. 그래서 사람들이 바다를 찾아 나서고 바다와 맞서기도 하는 거지."

"그래서 그 연꽃은 어디 있어요?"

"하도 신기해서 분명 용궁에서 보낸 선물일 거라고 사람들이 대궐에 바쳤다더구나."

"용궁에서 보낸 선물요?"

"그렇지. 그게 선물이 아니면 설마 바다에서 절로 연꽃이 피었겠느냐?"

챙길 게 많다며 외눈썹 아저씨가 움막으로 돌아갔다. 어지러웠다. 나는 현기증이 나서 쭈그리고 앉았다. 파도가 쏴아 하고 몰려왔다가 차르르 하고 밀려갔다. 땡중의 웃음소리가 섞여 들었다. 껄껄껄, 껄껄껄.

갓 떠오른 아침 햇살에 물결이 반짝거렸다. 윤슬, 반짝이는 물비늘 사이사이로 꿈결에 본 장면이 아른아른 떠올랐다. 하얀 종이 위에서 너울거리며 피어나던 연꽃. 햇살 속에 물결과 옷자락과 얼굴들이 아지랑이처럼 아른거렸다.

도화동에 가 봐야겠다. 귀덕이가 기다리고 있을 것이다.

지금쯤 어미도 아들을 기다릴 것이다.

바다가 보낸 소식이 거기에도 와 있을 것이다.

작가의 말

　여고 시절 참 친하게 지낸 친구가 있었다. 그림을 잘 그리는, 유머러스하고 밝은 친구였다. 어느 날 친구는 어머니가 너무 창피하다고 했다. 친구 집에 놀러 가서 몇 번 본 적 있는 그 어머니가, 지금 생각하니 화류계의 사람이 아니었나 싶다. 그러나 나는 그때 친구의 고민을 함께 나눌 만큼 상황을 이해하지 못했고 성숙하지도 못했다.

　고등학교 2학년 무렵부터 친구는 수시로 정신과에 입원했다. 병원 침대 머리맡에는 누군가가 놓고 간 돈이 수북했는데, 친구는 거기에 대놓고 조소를 흘렸다. 입원이 잦아지자 친구 어머니는 나에게 더 이상 찾아오지 말라고 했다. 나는 대학생이 되어 노느라, 그 뒤로는 아이 키우느라 한동안 그녀를 잊었다.

세월이 한참 흘러 어떻게 연락이 닿아 친구를 다시 만났다. 그녀는 어머니와 둘이서 작은 아파트에 살고 있었는데 조금 안정감이 없고 산만했지만, 나를 비롯한 친구들과의 추억을 그대로 간직하고 있었다. 이십여 년 동안 입·퇴원을 반복했고 아직도 가끔 병원에 간다는 친구의 말에 말문이 막혔다. 그 후로도 몇 번 그녀를 만났지만 어머니는 나의 방문을 반기지 않았다. 어머니는 친구가 다시 입원했다며 더는 찾아오지 말라고 했고, 그 말에 발길이 멀어졌다가 나는 또다시 친구를 잃고 말았다.

시간이 더 흘러 청소년소설을 쓰는 작가가 된 후 그 친구를 떠올리니 새삼 가슴이 아팠다. 그녀의 병은 어머니를 부끄러워한 것에서 시작되지 않았을까? 그녀가 십 대와 이십 대를 지나며 자신의 정체성을 바로 세우지 못했던 것도 그 때문이라는 생각이 든다. 그리고 내 나이가 그 당시 친구 어머니의 나이를 훌쩍 넘기고 나서야 비로소 그분의 삶이 어떠했을까 하는 데에도 생각이 미쳤다. 그 시절, 그분 또한 인생을 허우적거리며 살고 있었고, 실패와 시행착오를 겪으면서 누군가의 보살핌이 절실히 필요했던 것은 아닐까?

몇 년 전, 한 청소년을 만났다. 어머니의 삶을 비난하며 자신의 인생을 마구 내돌리고 있었다. 그 모습에 화도 나고 안타까웠다.

그 아이를 보면서, 유쾌하고 그림을 잘 그리던 옛 친구 생각이 많이 났다. 이 책은 그래서 썼다.

부모의 삶을 부정하는 것이 자신을 얼마나 불행하게 하는지, 또 얼마나 오래도록 긴 상처를 남기는지에 대해 이야기하고 싶었다. 부모라고 다 훌륭하고 자랑스러운 사람들은 아니다. 상처받고, 주눅 들고, 후회에 찬 시간을 보내는 부모도 많다. 평범하고 더러는 미숙하기 짝이 없는, 그래서 자식에게 당당하지 못한 부모들의 신산한 삶 또한 받아들이고 보듬어 주는 것이 청소년들이 자신을 진정으로 사랑하는 길 아닐까? 그럼으로써 자신의 삶을 더 튼튼히 세울 수 있지 않을까?

이런 생각에서 뺑덕 어미의 아들을 작품으로 불러냈다. 『심청전』 어디에도 뺑덕 어미만 있고 뺑덕이는 없다. 하지만 나는 그 아이 이야기를 해야 했다. 뺑덕 어미 같은 사람을 어머니로 둔 뺑덕이가 온전히 누군가의 아들이 됨으로써 자신의 삶을 세워 가는 모습을 보여 주고 싶었다. 이제 심 봉사가 아니라 뺑덕이와 우리들이 눈을 뜨는 이야기를 하고 싶었다.

이 이야기를 옛날 그때, 그 친구와 나눌 수 있었더라면 어땠을까? 어쩌면 나는 지금 훌륭한 화가의 화실에서 차를 나눠 마시고 있을지도 모르겠다. 마음이 다시 아프다.

도서관에 가거나 여행을 할 때면 늘 작은 천 주머니에 노트북

충전기와 마우스를 넣어 다닌다. 오래전, 다시 만났을 때 그 친구
가 선물한 것이다.

2014년 6월

배유안

창비청소년문학 61

뺑덕

초판 1쇄 발행 • 2014년 6월 27일
초판 16쇄 발행 • 2023년 3월 13일

지은이 • 배유안
펴낸이 • 강일우
책임편집 • 김영선
펴낸곳 • (주)창비
등록 • 1986년 8월 5일 제85호
주소 • 10881 경기도 파주시 회동길 184
전화 • 031-955-3333
팩시밀리 • 영업 031-955-3399 편집 031-955-3400
홈페이지 • www.changbi.com
전자우편 • ya@changbi.com

ⓒ 배유안 2014
ISBN 978-89-364-5661-0 43810